AF307455

Karl Czasny

Das Land ohne Migranten

Ein Roman von Übermorgen

Variation auf ‚Die Stadt ohne Juden' von Hugo Bettauer

Impressum

Bibliografische Information der Deutschen Nationalbibliothek:
Die Deutsche Nationalbibliothek verzeichnet diese Publikation in der Deutschen Nationalbibliografie; detaillierte bibliografische Daten sind im Internet über http://dnb.dnb.de abrufbar.

© 2025 Karl Czasny

Verlag: BoD · Books on Demand GmbH, Überseering 33, 22297 Hamburg, bod@bod.de

Druck: Libri Plureos GmbH, Friedensallee 273, 22763 Hamburg

ISBN: 978-3-8192-2648-9

INHALT

Hugo Bettauers Roman ‚Die Stadt ohne Juden' erschien im Jahr 1922 und nahm mit gespenstischer Hellsichtigkeit die erst in den dreißiger Jahren beginnende Vertreibung der jüdischen Bevölkerung aus Österreich und dessen Hauptstadt Wien vorweg. In der Absicht, vor derartigen Entwicklungen zu warnen, beschrieb Bettauer in dieser satirischen Dystopie politische Entwicklungen und Schicksale einzelner Menschen, die sich im Zuge einer solchen Vertreibung abspielen könnten.

Mit dem ersten Ertönen von »Ausländer halt!«- und »Ausländer raus!«-Rufen in den neunzehnachtziger Jahren hat das hinter dem Antisemitismus stehende Sündenbock-Motiv ein neues Opfer gefunden. Und seit das Schlagwort von der 'Remigration' die Runde macht, verbindet sich dieses Motiv nun auch wieder mit dem Aufruf zur Vertreibung der Sündenböcke, als einer vermeintlichen Patentlösung für die drängendsten Probleme der Gesellschaft.

Die Ähnlichkeit der beiden Vertreibungsideologien ist in meinen Augen so groß, dass es nahe liegt, Bettauers Roman durch Vertauschung der 'Juden' mit 'Ausländern' bzw. 'Migranten' zu aktualisieren. Ich beschloss, mich selbst an einer solchen Aktualisierung zu versuchen, um beim Schreiben dieser Variation gleichsam empirisch zu prüfen, ob die von mir vermutete Analogie tatsächlich besteht, und wo sie ihre Grenzen hat. Dabei waren zwei dieser Grenzen von vornherein klar. Erstens, die völlig unterschiedlichen gesellschaftlichen Rahmenbedingungen des Geschehens in dem in der Zwischenkriegszeit spielenden Roman Bettauers und in einer erst künftig ablaufenden Geschichte. Zweitens die zum Teil bedeutenden Unterschiede zwischen den sozioökonomischen Positionen und Funktionen der Juden in der ersten Republik und jenen der Menschen mit Migrationshintergrund im gegenwärtigen Österreich.

Eine dritte, mir vor der Lektüre des Bettauer-Romans noch nicht bewusste Grenze für die unmittelbare Übertragung dieses Werks in unsere nahe Zukunft liegt in der aus heutiger Sicht ‚altmodischen' Sprache Bettauers. Sie klingt für mich so, wie sich wohl ein Illustrierten-Roman der Zwischenkriegszeit anhörte. Das ist keine kritische Anmerkung, denn Bettauers Satire wendete sich ja an die antisemitisch orientieren kleinen Leute von der Straße und nicht an ein Publikum mit gehobenem Literaturgeschmack. Aus dieser Zeitgebundenheit des Stils folgt aber, dass eine für die Gegenwart verfasste Variation dieses Romans Bettauers Sprache zwar keineswegs verleugnen aber doch behutsam aktualisieren sollte.

Um die strukturelle Analogie zwischen den beiden Vertreibungsideologien möglichst klar ans Tageslicht zu bringen, galt es beim Schreiben des folgenden Textes die drei einer unmittelbaren Übertragung des Bettauer-Romans in unsere nahe Zukunft entgegenstehenden Grenzen zu überwinden. Ich versuchte dies, indem ich entsprechende Änderungen in Stil und Handlungsablauf des Romans vornahm. Dabei folgte ich dem Grundsatz 'So viele Änderungen wie nötig und so wenige wie möglich'. Ob dabei ein in sich stimmiger Text herauskam, mögen die Leserinnen und Leser selbst beurteilen.

PERSONENREGISTER[1]

Journalisten:

o   Doktor W. vom Express

o   Herr H. von der Krone

o   Die kleine K. vom Standard

o   Frau M. vom Kurier

o   Mr. Holborn vom Daily Telegraph

Politiker samt deren Anhang:

o   Dominik Schnapp, FPÖ-Bürgermeister von Wien

o   Udo Landmann, FPÖ-Landeshauptmann von Niederösterreich

o   Adalbert (Adi) Kickler, Bundeskanzler (FPÖ)

o   Mag. Reinhard Deibl, sein Kabinettschef

o   Herr Rosenstängl, Nationalratspräsident

o   Professor Knauser, Finanzminister

o   Dr. Dr. Holzkopf, Wirtschaftsminister

o   Herr Stabler, SPÖ-Vorsitzender

o   Frau Pfingstler, evangelikale ÖVP-Nationalrätin

o   Herr Geier, ÖVP-Nationalrat und Mietshausbesitzer

o   Nikolić und Petrović, FPÖ-Nationalräte

o   Peter Westentaschler, FPÖ-Nationalrat, Kammerrat, ORF-Stiftungsrat

o   Hanna Kovalenko, Tochter von Westentaschler

o   Andriy Kovalenko, deren Gatte

o   Linda und Helmut, Enkelkinder von Westentaschler

---

1   Die Namen sämtlicher Protagonisten der folgenden vielleicht schon bald stattfin-
denden Ereignisse sind frei erfunden. Ähnlichkeiten mit den Namen einiger bereits
jetzt im öffentlichen Leben stehender Personen sind aber nicht ganz zufällig.

Große und kleine Unternehmer samt deren Anhang:

o   Elon Muskin, US-Milliardär

o   Frau Habietnik, Inhaberin eines Modehauses in Braunau

o   Herr Mauler, Inhaber einer Bäckerei in Mattighofen

o   Karl Zwick, Inhaber eines Geschäfts für Haushalts- und Unterhaltungselektronik

o   Christa Zwick, seine Gattin

o   Herr Wang, sein Berater bei der Erste Bank

o   Herr Wuchert, Inhaber eines Wiener Mietshauses

o   Herr Hacioglu, Inhaber von zwei Marktständen am Brunnenmarkt

o   Ali Güneş, sein Berliner Schwager

o   Mehmet Yılmaz, Neffe von Hacioglu

o   Herr Schuster, österreichischer Freund und Steuerberater von Hacioglu

Intellektuelle und Künstler samt deren Anhang

o   Prof. Dr. Stuss, Rektor der Universität Wien

o   Ökonomierat Krautgartner vom Bauernbund, ein alter Bekannter von Stuss

o   Prof.in Dr.in Dr.in Pia Schwurb, Vizerektorin

o   Miko Rausch, Schweizer Theatermacher

o   Marco Bodrožić, Lyriker

o   Jenny Wash, irische Komponistin

o   Lena, Freundin von Wash

o   Waltraud Hofer, Dramatikerin, Lenas Geliebte

o   Enrico Schmelz, Tenor

Weitere Personen samt deren Anhang

o   Ein bettelnder Rom

o   Kardinal Göttlicher, Erzbischof von Wien

o   Rechtsanwalt Dr. Winkelzug, Stammgast im Cafe Imperial

o   Hofrat Mag. Bücklinger, Stammgast im Cafe Imperial

o   Hofrat i.R. Spineder, Inhaber einer Villa in Grinzing

o   Frau Spineder, seine Gattin

o   Lisa, seine Tochter

o   Boris Petrov, deren Freund

o   Theo, Johannes, Daniel und Gudrun, KommilitonInnen von Boris
     und Lisa

o   Hofrat Dumpf, Stammgast in der Villa der Familie Spineder

o   Ein Müllmann namens Kübler

ERSTER TEIL

(0)

Wir schreiben den 26. Oktober des Jahres - egal, sagen wir, es sei Übermorgen. Ich sitze vor meinem Laptop - diese Dinger heißen inzwischen anders und funktionieren auch etwas anders als eure Laptops, aber ich bleibe bei dieser Bezeichnung, damit ihr ungefähr wisst, wovon ich spreche. Ich sitze also vor meinem Laptop und schreibe auf, was damals - für mich ist es einfach 'gestern', für euch ist es 'morgen' - was damals also geschah, oder wenn ihr so wollt: was morgen geschehen wird. Warum ich es für euch aufschreibe? Ganz einfach: damit ihr euch (falls ihr typische Österreicher seid) beizeiten damit arrangiert, oder (falls ihr so gar nicht in dieses Land passt) überlegt, was man tun sollte, damit es nicht geschieht.

(1)

Von der Universität bis zur Bellaria umlagerte das schöne, vornehme Parlamentsgebäude eine einzige Menschenmauer. Ganz Wien schien sich an diesem Junitag um die zehnte Vormittagsstunde versammelt zu haben, um dort zu sein, wo sich ein historisches Ereignis von unabsehbarer Tragweite abspielen sollte. Menschen aller Schichten und Altersgruppen quollen durcheinander, schrien, diskutierten und schwitzten. Und immer wieder fand sich ein Begeisterter, der plötzlich an den Kreis um ihn herum eine Ansprache hielt und immer wieder brauste der Ruf auf:

»Ausländer raus!«

Sonst pflegten bei ähnlichen Demonstrationen hier und dort Leute mit dunklem Teint, besonders schwarzem Haar oder muslimischer Kleidung ordentlich verprügelt zu werden; diesmal kam es zu keinem solchen Zwischenfall, denn fremdländisch aussehende Menschen war weit und breit nicht zu sehen.

Plötzlich zerriss ein einziges Aufbrüllen die Luft.

»Hoch Kickler, hoch, hoch, hoch! Hoch der Befreier Österreichs!«

Ein offenes, von acht dunkelbebrillten Bodyguards gesichertes Auto fuhr langsam mitten durch die Menschenmassen hindurch, die zurückdrängten und Platz machten. Im Auto saß ein kleiner Herr vorgerückten Alters, der der jubelnden Menschenmenge zunickte und das Gesicht zu einem Lächeln verzerrte. Es war ein saures Lächeln, das von den zwei Falten, die von den Mundwinkeln abwärts liefen, gewissermaßen dementiert wurde. Seine braunen Augen blickten eher finster als vergnügt drein.

Lachende Mädchen drängten, was nur in Österreich und selbst hier nur an diesem Tag möglich war, an den Bodyguards vorbei und schwangen sich auf das Trittbrett. Eine warf dem Gefeierten Blumen zu, eine andere war noch dreister, schlang ihren Arm um seinen Hals und küsste ihn auf die Wange. Als ob der Chauffeur ahnte, wie seinem Dienstgeber bei solchen Gefühlsausbrüchen zumute wurde, ließ er das Auto vorwärts springen, sodass die Mädchen mit jähem Ruck nach rückwärts fielen. Sie taten sich dabei nicht weh, denn die Menschenmauer fing sie auf.

Im Parlamentsgebäude herrschte nicht die laute Begeisterung der Straße, sondern fieberhafte Erregung, zu stark, um Ausdruck nach außen zu finden. Die Abgeordneten, die sich bis zur letzten Hinterbänklerin eingefunden hatten, die Minister, die Kabinettsmitarbeiter gingen schweigend und unruhig umher, sogar die überfüllten Galerien verhielten sich lautlos.

In der Journalistenloge, in der es sonst am ungeniertesten zuzugehen pflegte, wurde nur im Flüsterton gesprochen. Und eine bemerkenswerte räumliche Spaltung hatte sich eingestellt. Die kompakte Majorität der Berichterstatter des weltoffenen Mainstreams drängte ihre Stühle zusammen, die Referenten der heimattreuen Medien bildeten ihrerseits eine Gruppe. Sonst mischten sich beide Gruppen fröhlich durcheinander, im Berufskreis war man nicht Parteigänger, sondern nur Kollege oder Kollegin, und da die heimattreuen Journalisten den besseren Draht zur neuen Regierungsspitze hatten, standen die Vertreter des Mainstreams zu ihnen in einem gewissen Abhängigkeitsverhältnis. Heute aber flogen hämische Blicke von der heimattreuen Ecke zum Mainstream und als die kleine K. vom 'Standard', die eben erst eingetreten war, den Doktor W. vom 'Express' mit »Servus Herr Kollege!« begrüßte, wandte ihr dieser ohne Erwiderung den Rücken zu.

Es drängten immer noch Journalisten herein, darunter Vertreter ausländischer Medien, die erst heute in Wien angekommen waren.

»Nicht rühren kann man sich«, brummte der H. von der 'Krone', worauf ihm ein Kollege mit kleinem, bärtigem Kopf und mächtigem Bierbauch erwiderte:

»Na, ein paar Tage noch und wir werden hier Platz genug haben!«

Hüsteln, Lächeln, Lachen auf der einen Seite, bedeutungsvolle Blicke auf der anderen.

Ein junger blonder Herr mit roten Backen machte nach links und rechts eine leichte Verbeugung.

»Holborn vom 'Daily Telegraph'! Bin vor einer Stunde angekommen und kenne mich wahrhaftig nicht aus. Unser Managing-Editor, das Kamel, hat mir nichts gesagt, als: In Wien wird es jetzt lustig, da schmeißen sie die Ausländer hinaus! Fahren Sie hin und berichten Sie! Also bitte, wäre sehr nett von Ihnen, wenn Sie mich rasch instruieren wollten.«

Das alles war in so drolligem Englisch-Deutsch herausgekommen, dass sich die Spannung ein wenig löste. Frau M. vom 'Kurier' bemächtigte sich, heftig gestikulierend, des englischen Kollegen und begann mit den Worten:

»Also, ich werde Ihnen alles genau erklären –.« Aber Doktor W. ließ sie nicht weitersprechen. »Sie verzeihen, aber diese Aufklärung wird besser von uns ausgehen.«

Tonfall drohend, das »uns« bedeutungsvoll unterstrichen.

Und schon befand sich Holborn in der heimattreuen Ecke, wo W. kurz und sachlich erklärte:

»Was geschehen soll, werden Sie sofort aus dem Munde von Bundeskanzlers Kickler erfahren, der das Gesetz zur Remigration aller nicht erwünschten Ausländer eingehend begründen wird. Die Vorgeschichte ist, kurz gesagt, folgende: Als der nach dem Zusammenbruch der Währungsunion wieder eingeführte österreichische Schilling auf ein Hundertstel eines Dollars gesunken war, begann Chaos einzutreten. Ein Minister nach dem anderen musste gehen, es entstanden Unruhen, täglich kam es zu Plünderungen und Pogromen, die Wut und Verzweiflung der Bevölkerung kannte keine Grenzen mehr und schließlich musste man Neuwahlen ausrufen. Sozialdemokraten, Grüne und Liberale starteten ohne neues Programm in den Wahlkampf, Volkspartei und Freiheitliche hingegen scharten sich um deren charismatischen Führer Adalbert Kickler, der die Parole "Remigration aller unerwünschten Ausländer!" ausgab. Nun, vielleicht ist es Ihnen bekannt,« – Holborn nickte, obwohl er keine Ahnung hatte – »dass die Wahlen den völligen Zusammenbruch aller linken und liberalen Parteien brachten.«

Dem diplomatischen Genie des Adi Kickler, seiner unerschrockenen Energie und Beredsamkeit sei dann gelungen, was zuvor niemand für möglich gehalten habe. Er habe die durch den kürzlich vollzogenen Uxit, Ruxit und Buxit geschwächte EU vor die Alternative Öxit oder Gewährenlassen gestellt und ihr so die Zustimmung zur großen Remigration abgerungen. In langen Verhandlungen mit der dem Vorhaben sehr aufgeschlossen gegenüberstehenden Kommissionspräsidentin Meloni habe er sogar erreicht, dass nun auch die Mehrzahl der in Österreich arbeitenden oder studierenden EU-Bürger wieder in ihre Heimatländer zurückkehren müsse. Die erfolgreiche Abschiebung der aus Drittstaaten stammenden Migranten sei ebenfalls bereits sicher gestellt. Kickler habe aus dem Scheitern der dilettantischen Abschiebungsversuche der Briten sowie der schon vor Jahren ins heimattreue Lager gewechselten Italiener und Franzosen gelernt und als Wirtsländer keine kleinen osteuropäischen oder afrikanischen Staaten ins Auge gefasst. Stattdessen habe er ein As aus dem Ärmel gezogen, mit dem niemand gerechnet habe. Es gehe dabei um ein sensationelles Angebot des russischen Präsidenten, dem er schon bei dessen Spezialoperation in der Ukraine zur Seite gestanden sei. Der greise Putin vertrete nämlich die Ansicht, dass die durch Abwanderung, Geburtenrückgang und diverse Spezialoperationen geschwächte Demografie seines Riesenreichs dringend eine Auffrischung benötige und jenseits des Urals Platz genug für Österreichs überzählige Migranten sei.

»Kickler hat erfreut zugegriffen und wird sogleich selbst jenes Gesetz einbringen, das diesen wahrhaft historischen Prozess –.«

»Pst!«-Rufe wurden laut. W. konnte nicht weiterreden, denn der Präsident des Hauses, der steinalte Rosenstängl, schwang nun mit zittriger Hand die Glocke und erteilte dem Bundeskanzler das Wort.

Grabesstille, in die das Surren der Ventilatoren unheimlich klang. Das leiseste Räuspern, das Rascheln der Papiere in der Journalistenloge wurde gehört und empfunden.

Ernst und trotz seiner geringen Körperlänge scheinbar übergroß stand der Kanzler auf der Rednertribüne, die Hände, zu Fäusten geballt, stützten sich auf das Pult, die scharfen Augen glitzerten über den Saal hinweg. So verharrte er bewegungslos, bis er plötzlich den Kopf ins Genick warf und mit seiner mächtigen Stimme, die sich in den turbulentesten Versammlungen immer hatte Gehör erzwingen können, begann.

»Verehrte Damen und Herren! Ich lege Ihnen jenes Gesetz und jene Änderungen unserer Bundesverfassung vor, die gemeinsam nichts weniger bezwecken, als die Remigration aller unerwünschten Ausländer. Bevor ich das tue, möchte ich aber einige rein persönliche Bemerkungen machen.

Seit vielen Jahren bin ich Kanzler der Herzen. Und schon einmal erkoren mich die Wähler zum Volkskanzler, der dann aber durch ein abgekartetes Spiel der Altparteien am Regieren gehindert wurde. Durch all diese Jahre hindurch war ich für die System-Medien eine Art Popanz, ein wütender Ausländerhasser. Nachdem mich nun aber das Volk neuerlich mit überwältigender Mehrheit gewählt hat und die Zeit der System-Medien ihrem unwiderruflichen Ende entgegengeht, drängt es mich, zu erklären, dass sie mich von Anfang an verleumdet haben. Ja, ich habe den Mut, heute von dieser Tribüne aus zu sagen, dass ich viel eher Ausländerfreund als Ausländerfeind bin!«

Ein Murmeln und Surren ging durch den Saal, als flöge eine Schar Vögel aus dem Felde auf.

»Jawohl, meine Damen und Herren, ich schätze die Ausländer, habe vor dem Betreten des heißen Bodens der Politik ausländische Freunde gehabt und bin jederzeit bereit, die Tugenden von leistungs- und integrationswilligen Migranten anzuerkennen, ja zu bewundern!«

»Hört! Hört!«-Rufe wurden laut, sensationelle Spannung bemächtigte sich der Abgeordneten und des Auditoriums, und Mr. Holborn, der kaum etwas verstanden hatte, fragte allen Ernstes den Doktor W., ob der Mann am Rednerpult Vertreter der Migranten sei.

Der Kanzler fuhr fort.

»Trotzdem, ja gerade deshalb wuchs im Laufe der Jahre in mir immer mehr und stärker die Überzeugung, dass wir nicht länger mit, unter und neben all jenen kulturfremden und leistungsunwilligen Ausländern leben können, die nur deshalb zu uns kamen, um die Vorzüge unseres hoch entwickelten Sozialstaats auszunutzen. Sie leben von unseren Steuergeldern und bilden mitten unter uns Parallelgesellschaften, die als Fremdkörper in unserem Sozialgefüge wuchern und uns schließlich versklaven würden. Wir Österreicher sind ein naives, treuherziges Volk. Verträumt, verspielt, der Musik und stiller Naturbetrachtung ergeben, fromm und bieder, gut und sinnig! Das sind schöne, wunderbare Eigenschaften, aus denen eine herrliche Kultur, eine wunderbare Lebensform sprießen kann, wenn man sie gewähren und sich entwickeln lässt. Aber die Migranten, und hier denke ich vor allem an die Muslime sind auf dem besten Wege, uns durch ihre unkontrollierte Zuwanderung und Vermehrung an den Rand zu drängen, unsere Herren zu werden und unser ganzes alltägliches und kulturelles Leben unter ihre Macht zu bekommen.«

Brausende »Bravo!«-Rufe; »Sehr richtig!« »So ist es!«

Kickler führte mit der knochigen Rechten das Glas zu den dünnen Lippen und sein halb spöttischer, halb befriedigter Blick kreiste im Saal.

»Sehen wir unser kleines Österreich von heute an. Wer belegt die Sozialwohnungen? Die Migranten! Wer sitzt in den Ambulanzen? Die Migranten! Wer bevölkert unsere Parks und Plätze? Die Migranten! Wessen Messer bringen Unsicherheit auf unsere Straßen? Die der Migranten! Wessen Gotteshäuser sind überfüllt, während in den unseren gähnende Leer herrscht? Die der Migranten! Wessen kulturfremde Bräuche verdrängen den Nikolo und das Christkind aus unseren Kindergärten? Die der Migranten! Wessen fremdsprachige Kinder behindern den Unterricht an unsere Schulen? Die der Migranten!

Verehrte Anwesende! Ich habe gesagt, dass ich den Migranten, an sich und objektiv betrachtet, für ein wertvolles Individuum halte und ich bleibe dabei. Aber ist nicht auch der Rosenkäfer mit seinen schimmernden Flügeln ein an sich schönes, wertvolles Geschöpf und wird er von dem sorgsamen Gärtner nicht trotzdem vertilgt, weil ihm die Rose näher steht als der Käfer? Ist nicht der Tiger ein herrliches Tier, voll von Kraft, Mut und Intelligenz? Und wird er nicht doch gejagt und verfolgt, weil es der Kampf um das eigene Leben erfordert? Von diesem und nur von diesem Standpunkt aus müssen wir die Ausländerfrage betrachten. Entweder wir oder sie! Entweder wir, die wir nicht einmal mehr drei Viertel der Bevölkerung ausmachen, müssen zugrunde gehen oder die unerwünschten Migranten müssen verschwinden! Und da wir jetzt endlich die Macht in den Händen haben, wären wir Toren, nein, Verbrecher an uns und unseren Kindern, wenn wir von dieser Macht nicht Gebrauch machen und jene Minderheit, die uns vernichtet, nicht vertreiben wollten. Hier handelt es sich nicht um Schlagworte und Phrasen, wie Menschlichkeit, Gerechtigkeit, Toleranz, sondern um unsere Existenz, unser Leben, das Leben der kommenden Generationen! Die letzten Jahre haben unser Elend vertausendfacht, wir stehen vor dem Staatsbankrott, wir gehen der Auflösung entgegen, ein paar Jahre noch und fremde Mächte werden unter dem Vorwand, bei uns Ordnung schaffen zu müssen, über uns herfallen und unser kleines Land in Stücke reißen. Unberührt von allen Geschehnissen aber werden sich die Migranten auch dann noch weiter vermehren und uns Einheimischen auch unter den geänderten Verhältnissen das Leben zur Hölle machen!«

Das ganze Haus geriet jetzt in furchtbare Aufregung. Wilde Rufe wurden ausgestoßen. »Das darf nicht sein! Retten wir uns und unsere Kinder!« Und als Echo klang es von der Straße her aus zehntausend Kehlen: »Hinaus mit den Ausländern!«

Kickler ließ die Erregung auslaufen, nahm von den Ministerkollegen Händedrücke entgegen und sprach dann über die wichtigsten

Bestimmungen des Gesetzes. Diese definierten den Kreis der unerwünschten und daher abzuschiebenden Migranten anhand von zwei Kriterien. Erstens unzureichender Leistungswille, zweitens mangelnde Assimilationsbereitschaft.

Ausreichender Leistungswille sei am Nettoeinkommen des jeweiligen Haushalts zu messen. Es müsse mindestens so hoch sein, wie das für den Erhalt der österreichischen Staatsbürgerschaft erforderliche Einkommen, welches glücklicherweise schon immer so angesetzt gewesen sei, dass es nur von hochqualifizierten und daher sehr willkommenen Top-Verdienern erreicht werden konnte. Er wolle an dieser Stelle nicht verhehlen, dass es in der Frage der Höhe des Mindesteinkommens Meinungsverschiedenheiten zwischen den Koalitionsparteien gegeben habe. Viele Wirtschaftstreibende hätten gern eine niedrigere Grenze angesetzt. Letzten Endes habe sich aber die prinzipientreue Linie der echten Heimattreuen durchgesetzt.

Auch bei der Assimilationsbereitschaft lege das nun zu beschließende Gesetz die Latte sehr hoch. Sie solle nämlich einerseits an der Beherrschung der deutschen Sprache gemessen werden, was durch ein Zeugnis für das Vorhandensein des Sprachniveaus B1 nachzuweisen sei. Andererseits müsse jeder im Lande verbleibende Ausländer völlig unbescholten sein, wobei auch Verkehrsstrafen als Delikte zu bewerten seien. Kurz vor der heutigen Abstimmung habe man dann auch noch auf besonderen Wunsch des für seine innige Verbundenheit mit heimattreuem Liedgut bekannten niederösterreichischen Landeshauptmanns, seines alten Freundes Udo Landmann, eine ergänzende Bedingung eingebaut: Zum Nachweis der vorhandenen Assimilationsbereitschaft müsse jeder Migrant vor der Assimilationskommission alle drei Strophen der österreichischen Bundeshymne singen.

Kickler erwähnte bei seiner Rede selbstverständlich nicht, dass es auch nur sehr wenige Inländer gab, die all diese Bedingungen erfüllen konnten, sondern ging sofort zum Vollzug des neuen Gesetzes über.

Man werde zwar mit größter Strenge, aber unter Einhaltung aller Bestimmungen der in den letzten Jahren klugerweise an die Erfordernisse der neuen Völkerwanderung angepassten Menschenrechtskonvention vorgehen. Ein jeder könne vor der Abreise, sein Hab und Gut, so er denn derartiges besitze (hier kräuselte ein boshaftes Lächeln die Lippen des Kanzlers), freihändig verkaufen. Habe sich jemand als Vermögensloser bekannt, so dürfe er kein Geld ausführen, besitze er trotzdem Vermögen, so werde dieses natürlich konfisziert. Der Besitzer eines Unternehmens dürfe das Zehnfache von dessen letztem Reinertrag mitnehmen, auch wenn sich herausstellen sollte, dass sein wirkliches Einkommen wesentlich größer gewesen sei. »Auf diese Art wird sich manches steuerliches Kavaliersdelikt bitter rächen –«, bemerkte der Redner unter schallender Heiterkeit der Anwesenden und fuhr dann fort:

»Sozialhilfeempfänger, Arbeitslose und Migranten ohne unbefristeten Arbeitsvertrag müssen innerhalb dreier Monate nach Annahme des Gesetzes das Land verlassen, Arbeiter und Angestellte mit unbefristeten Dienstverhältnissen sowie protokollierte Firmeninhaber innerhalb von vier Monaten, Künstler, Gelehrte, Ärzte, Rechtsanwälte und so weiter innerhalb von fünf Monaten.

Und nun komme ich zu einem wichtigen Punkt, dem ich die volle Aufmerksamkeit zu schenken bitte. Wie Sie wissen, bezieht sich das Remigrationsgesetz nicht nur auf Migranten, sondern auch auf Personen mit Migrationshintergrund. Als solche gelten die Kinder aus rein migrantischen Ehen und aus Mischehen, bei denen nur einer der beiden Partner Migrant ist. Hat also zum Beispiel eine Österreicherin einen Migranten geheiratet, so trifft die Ausweisung ihn und die Kinder aus dieser Ehe, während es der Frau unbenommen bleibt, in Österreich zu verweilen. Nach reiflicher Überlegung hat die Regierung beschlossen, die Kindeskinder aus Mischehen nicht mehr als Personen mit Migrationshintergrund zu betrachten. Hat also ein Österreicher eine Migrantin geheiratet, so werden wohl die Kinder ausgewiesen, die Kindeskinder aber, vorausgesetzt, dass die Eltern sich nicht wieder mit Migranten gemischt haben, können im Lande bleiben. Dies ist aber die absolut einzige Konzession, die das Gesetz macht. Andere Ausnahmen sind nicht zulässig. Von vielen Seiten wurde uns nahegelegt, gewisse Ausnahmen gelten zu lassen. So sollte das Gesetz Leute über einer gewissen Altersgrenze, Kranke, Schwächliche und solche, die besondere Verdienste um den Staat haben, nicht treffen.

Meine Damen und Herren! Hätte ich diesen Ratgebern nachgegeben, wäre das ganze Gesetz zur Posse geworden. Die Netzwerke der Zuwanderer hätten Tag und Nacht gearbeitet, zehntausende von Ausnahmefällen würden konstruiert werden und in fünfzig Jahren wären wir genau so weit wie heute. Nein, es gibt keine Ausnahme, es gibt keine Protektion, es gibt kein Mitleid und kein Augenzudrücken! Für Hinfällige und Kranke wird die Regierung besteingerichtete Sanitätsflugzeuge zur Verfügung stellen, und nur solche Migranten, die nach gerichtsärztlichem Gutachten absolut nicht transportfähig sind, werden hier ihre Genesung oder ihren Tod abwarten dürfen.«

Kickler verbeugte sich leicht und ließ sich schwerfällig auf seinem Sitz nieder. Die Wirkung seiner letzten Eröffnung war aber ganz eigenartig gewesen. Nur vereinzelte Bravo-Rufe waren laut geworden, eine gewisse Beklommenheit machte sich fast körperlich fühlbar, auf vielen Gesichtern malte sich deutlich Schrecken und Angst, auf der Galerie entstand Unruhe, eine Frau fiel mit dem Ruf: »Meine Kinder!« ohnmächtig zusammen, und als der Kanzler geendet hatte, erdröhnte zwar starker Beifall, aber die kleine Gruppe der Sozialdemokraten schrie unisono » Pfui! Skandal!! Trumpismus!!!«

Und nun erteilte der Präsident das Wort an Finanzminister Professor Knauser. Unter großer Spannung erörterte dieser jetzt die ökonomische Seite des Remigrationsgesetzes. Natürlich werde die nun erfolgende Ausreise einer großen Anzahl von Arbeitskräften die heimische Wirtschaft mehr oder weniger stark belasten, und man dürfe nicht verhehlen, dass die Ausweisung der Migranten zunächst allerlei finanzielle Schwierigkeiten im Gefolge haben werde.

»Ich kann aber dem hohen Hause die erfreuliche Mitteilung machen, dass sich echte Heimattreue der ganzen Welt versammelt haben, um uns zu helfen. Nicht nur, dass die österreichische Regierung seit Monaten internationale Verhandlungen führt, auch die drei heimattreuen Fraktionen des Europäischen Parlaments, die ‚Europäischen Konservativen und Reformer‘, die ‚Patrioten für Europa‘ und die Fraktion ‚Europa der Souveränen Nationen‘ haben in aller Stille eine mächtige Agitation entfaltet, die glänzende Früchte trägt. So stellt uns etwa der reichste Mann der Welt, Elon Muskin, als begeisterter Mitstreiter des amerikanischen Langzeitpräsidenten, einen gewaltigen Kredit zur Verfügung – kurzum, es kommen zwar große finanzielle Herausforderungen auf uns zu, wir müssen sie aber nicht alleine stemmen!«

Riesige Begeisterung im ganzen Hause. Einige Dutzend Abgeordnete zückten die Smartphones, um ihren Banken Kauf- und Verkaufsorders zu geben, während sich andere nun als Pro- und Kontra-Redner zu Wort meldeten. Die Sozialdemokraten sprachen gegen das Gesetz. Als aber ihr langjähriger Vorsitzender Stabler mit vor Aufregung bebender Stimme seiner Entrüstung Ausdruck gab und den Gesetzentwurf als ein Dokument menschlicher Schmach bezeichnete, entstand ein furchtbarer Tumult, die Galerie warf mit Schlüsseln und

Papierknäueln nach den Sozialdemokraten, es kam zu einer Prügelei und die gesamte Opposition verließ unter Protest den Saal. Die evangelikale ÖVP-Abgeordnete Pfingstler pries Bundeskanzler Kickler als modernen Apostel, während die freiheitlichen Abgeordneten Nikolić und Petrović das Gesetz vom ethnopluralistischen Standpunkt aus beleuchteten, wobei Petrovic, der stark mit serbischem Akzent sprach, aus Ergriffenheit schluchzte. Er schloss mit den Worten: »Unser Jörgl hätte vor Freude Tränen geweint!«

Da er der letzte Redner war, schritt man anschließend zur Abstimmung. Diese erfolgte namentlich und ergab die einstimmige Annahme des Gesetzes, das noch am selben Tag durch den Ausschuss und die zweite und dritte Lesung gepeitscht wurde.

Als die Abgeordneten spät abends endlich das Haus verlassen konnten, sahen sie ein festlich beleuchtetes Wien. Von allen öffentlichen Gebäuden wehten die rot-weiß-roten Fahnen, Feuerwerke wurden abgebrannt, bis lange nach Mitternacht dauerten die Umzüge der Menschenmassen, die immer vor das Kanzlerpalais marschierten, um ihren Volkskanzler hoch leben zu lassen und als Befreier Österreichs zu preisen.

(2)

Als der Nationalrat, Kammerrat und ORF-Stiftungsrat Peter Westentaschler am nächsten Vormittag – es war ein Sonntag – infolge der endlosen Siegesfeier arg verkatert am häuslichen Frühstückstisch erschien, fand er eine recht unbehagliche Stimmung vor. Seine Gattin hatte eine nadelspitze Nase, was auf Sturm deutete, seine Tochter, Frau Hanna Kovalenko, saß mit verquollenen Augen da, ihr Gatte, Andriy Kovalenko, lächelte den Schwiegervater gequält an, und die beiden Enkelkinder Linda und Helmut stießen ein furchtbares Geheul aus, als Herr Westentaschler seine kleinen Äuglein verwirrt und ängstlich um den Tisch kreisen ließ.

»Ja, was is denn da los?«

Frau Westentaschler stemmte die Arme in die Seite.

»Was los is, du Vollkoffer, du? Gar nichts is los, außer dass du geholfen hast, deine Tochter und unsere Enkelkinder aus dem Land zu treiben!«

»Ja, wieso denn?« stammelte Herr Westentaschler, aber schon dämmerte ihm grauenhafte Wahrheit. Richtig, er hatte im Trubel der Ereignisse völlig vergessen, dass sein Schwiegersohn, Herr Andriy Kovalenko vor mehr als 15 Jahren aus der Ukraine nach Österreich geflohen war, weil er nicht in den Krieg ziehen wollte. Dann hatte er blöderweise große Probleme mit der deutschen Sprache gehabt, was ihn zwar in seinem Programmiererjob nicht behinderte, aber leider dazu führte, dass er dreimal durch die B1-Sprachprüfung rasselte. Jetzt musste er daher hinaus und mit ihm die beiden Kinder!

»So eine Gemeinheit,« schluchzte Frau Kovalenko in ihr Taschentuch hinein, »was soll ich jetzt mit den Kindern anfangen? Nach Sibirien auswandern vielleicht, du Rabenvater, du?«

»Jawoll, es ist starkes Stück,« erklärte nun Herr Kovalenko mit scharfer Betonung jedes Wortes, »Mann wie ich, der bechaupten darf, bessere Esterreicher sein als chunderttausend andere, die ganzen Tag in Gastchaus sitzen, Mann wie ich, der Kinder in christliche Glauben groß gezogen chat, aus dem Land jagen wie tollen Chund!«

Herr Westentaschler wollte eine Erwiderung machen und murmelte etwas von großer, heiliger Sache, Prinzipien, die auf Einzelfälle keine Rücksicht nehmen können. Aber schon saß die Hand der Gattin in seinen spärlichen Haaren und ließ nicht locker, bevor sie sich mit einem ganzen Büschel des immer rarer werdenden Gewächses zurückziehen konnte.

»Viecher seids Ihr alle zusammen! Gestohlen könnts Ihr mir bleiben mit eurem Patriotismus! Hat der Andriy unsere Enkerln nicht immer gut behandelt? Lasst er sie nicht wie a Prinzessin und an Prinzen aufwachsen? Dem lieben Gott sollst danken, dass die Hanna einen Ausländer bekommen hat und nicht einen Kerl, wie dich, einen Saufbruder und Skandalmacher!«

»I geh' net nach Sibirien«, heulte Linda, während Helmut die Gelegenheit benützte, von Opas Teller weg den Sonntagsgugelhupf zu grapschen.

Nachdem sich die Aufregung gelegt hatte, erörterte Herr Kovalenko die Situation sachlich.

Er werde als Ukrainer natürlich nicht nach Russland auswandern. Aber auch die Ukraine komme für ihn nicht in Frage. Seit dem allmählichen Versiegen der Geldzuflüsse durch die USA und die EU und dem nun wohl endgültigen Zusammenbruch aller EU-Beitrittshoffnungen, sei das ein Failed State, den er seiner Frau und den Kindern nicht zumuten könne. »Nein, ich chab Bruder in Chamburg, der mir chelfen wird - Ukrainische Familien chalten ja zusammen« – diese Worte begleitete ein stechender Blick gegen Westentaschler – »und ich werde eben dort für mich und meine Familie eine neue Zukunft aufbauen. Außer die Channa will lieber bei euch bleiben «.

Worauf Hanna, müde und leicht verblüht, wie man nach langer Ehe zu sein pflegt, rosige Wangen bekam, ihre Arme zärtlich um den Hals des Andriy Kovalenko schlang, ihn küsste wie eine Braut ihren Bräutigam und wirklich wie ein junges Mädchen aussah. Schließlich musste sich Herr Westentaschler völlig verstört und verzweifelt verpflichten, dem Schwiegersohn gewissermaßen als Fundament für die neue Zukunft die Hälfte seiner Ersparnisse nach Hamburg mitzugeben.

Nachmittags ging der National-, Kammer- und ORF-Stiftungsrat Westentaschler allein zum Heurigen nach Sievering, fing dort mit einer Gesellschaft, die noch immer »Ausländer raus!« schrie, Streit an, zerbrach seine Flasche an dem Schädel des einen Schreiers und wurde furchtbar verprügelt.

(3)

Gespräch in türkischer Sprache in einer Fensternische von Efendis Shisha Lounge in der Braunhirschengasse zwischen Herrn Hacioglu, Inhaber von zwei gut gehenden Obst- und Gemüseständen am Brunnenmarkt, und seinem Neffen, dem Regionalliga-Fußballer Mehmet Yılmaz. Solche und ähnliche Gespräche fanden aber an vielen Tischen vieler Teestuben und Shisha Bars im ganzen Land statt, es wurde an diesem Tage nicht lärmend, sondern fast lautlos mit Zuhilfenahme der Hände geredet.

Der Neffe schüttelte dem Onkel die Hand.

»Lieber Onkel, ich danke dir dafür, dass du mich mit nach Berlin nehmen wirst. Das ist ein großer Trost für mich, denn unter uns gesagt – Sibirien ist nichts für mich!«

Der Onkel lächelte behaglich. »Sibirien ist auch nicht mein Traumland. In Berlin werde ich mich mit meinem Schwager Ali Güneş, der dort ein Lebensmittelgeschäft in bester Lage hat, zusammentun.«

Mehmet Yılmaz beugte sich vor und flüsterte:

»Aber sag' mir eines, Onkel, du hast doch sicher nicht der Steuerbehörde dein wirkliches Vermögen und Einkommen angegeben. Wie wirst du nun dein Geld hinüberkriegen?«

Der Onkel machte einen tiefen Zug aus der Wasserpfeife.

»Wozu hat man österreichische Freunde? Ich war heute schon bei dem Steuerberater Schuster, habe ihm, unter uns gesagt, zehn Millionen Schilling in Wertpapieren und Bargeld gebracht und dafür von ihm eine Anweisung auf eine Berliner Bank bekommen. Natürlich tut es der das nicht umsonst, sondern verdient fast eine Million dabei.«

Der Neffe nickte befriedigt, und an einigen anderen Tischen endeten verschiedene Gespräche ebenfalls mit einem zufriedenen Nicken.

Ein alter Rom, in Lumpen gekleidet, kam herein und sagte von Tisch zu Tisch sein Bettelsprüchlein auf. Von einem der Tische wurde er angerufen: »Na, Alter, wohin wirst Du auswandern?«

Der Alte wackelte mit dem Kopf. »Wenn ich aus dem Roma-Slum von Jarovnice nach Wien kommen bin, werde ich auch aus Wien wieder irgendwohin kommen. Abbruchhäuser zum Wohnen gibt es überall, und ob ich in Wien oder in Paris betteln geh, ist auch egal. Aber jetzt kann ich überall erzählen, dass sie mich hier ausgewiesen haben. Ist vielleicht ganz gut fürs Schnorren.«

(4)

Vor Jahren hatte der berühmte Schweizer Theatermacher Miko Rausch die an Besucherschwund leidenden Wiener Festwochen gerettet, indem er eine ,Woke Republik Wien' ausrief und so das vor sich hin siechende Festival als dezidiert politischen Handlungsraum deklarierte. Dem weltoffenen Teil der Wiener*innen hatte das gefallen, worauf auch Rausch an Wien Gefallen gefunden und hier seine Zelte aufgeschlagen hatte. Nun war in seinem gar nicht so kleinen Kleingarten an der Alten Donau sein ganzer Freund*innenkreis versammelt. Bekannte und unbekannte, arrivierte und noch am Hungertuch nagende Literat*innen, Regisseur*innen, Schauspieler*innen, Maler*innen, Bildhauer*innen, Musiker*innen und Verleger*innen. Sonst fand sein großes Gartenfest erst im Hochsommer statt, diesmal hatte er aus aktuellem Anlass schon im Juni alle zu sich eingeladen.

Es war nach dem Abendessen, man saß in Korbstühlen auf der Terrasse, blickte auf das Wasser, in dem sich der Mond spiegelte und war in Gedanken versunken. Tiefes Schweigen, das endlich von Rausch unterbrochen wurde:

»So besteht also kein Zweifel mehr, dass wir uns heute Abend zum letzten Mal an diesem schönen Ort versammeln und dann wie Vagabunden den Staub von unseren Stiefeln schütteln und in die Fremde gehen müssen. Wie seltsam! Vor ein paar Jahren haben sie noch geschrieben, dass meine Regiearbeiten das Wiener Wesen tief erfassen und zum Ausdruck bringen. Und nun zwingen sie mich zu gehen, weil doch einer wie ich keinen Tag länger in einer Stadt bleiben kann, die junge Kulturschaffende ausweist, wenn sie an einem Einkommensnachweis oder der dritten Strophe der Bundeshymne scheitern!«

»Immerhin,« sagte der junge Lyriker Marco Bodrožić leise mit zitternder Stimme, »immerhin, Sie werden sich auch fern vom undankbaren Wien wohl fühlen können. Zürich wird Sie mit offenen Armen aufnehmen. Dort sind ja schon besondere Ehrungen für Sie geplant. Sie sind so reif und stark, dass Sie mächtige Zweige treiben, wo immer Sie sich aufhalten. Aber was soll ich tun? Ich bin hier geboren und erst am Anfang. Kann nur leben und arbeiten, wenn ich durch diese wunderbare, schreckliche Stadt schlendere. Aus Ihr strömt meine Lyrik, in ihr muss ich um jede Zeile mit mir ringen.«

»Ach was,« schrie die irische Komponistin Jenny Wash ergrimmt, »der Teufel soll dieses Wien mit seiner vertrottelten Bevölkerung holen! Ich geh' wieder zurück nach Irland, miete ein Häuschen am Meer und werde dort mit meiner Lena herrlich leben. Was, Schatz?«

Ihre blonde junge Frau ließ es ruhig geschehen, dass die Gattin ihren Kopf an ihre Schulter zog, aber ein boshaftes Lächeln huschte über ihren Mund und ihre Blicke kreuzten sich verständnisvoll mit denen der Dramatikerin Waltraud Hofer. Dieser schwellte Triumph die Brust. Sie wusste, die Frau der Komponistin blieb hier, niemand konnte sie zwingen, mit ihrer Gattin das Land zu verlassen, und wie insgeheim vereinbart, würde sie endlich, wenn die Komponistin erst fort war, die Ihre werden. Aber nicht nur sie würde ihr in die Hände fallen, sondern das ganze Land! Denn viele derer, hinter denen sie zurückstehen musste, deren Stücke aufgeführt wurden, während die ihren jahrelang in den Schubladen der Dramaturgen schliefen, mussten jetzt fort und ihre Zeit war nun gekommen!

Donnernd und polternd lachte der große Tenor Enrico Schmelz auf.

»Meine Herrschaften, nun muss es heraus! Auch ich werde Österreich verlassen! Denn auch ich, den die Kulturkritik immer als die höchste Verkörperung heimischer Gesangskultur pries, habe Migrationshintergrund und leider eine Menge Polizeistrafen, weil mein Auto immer im Halteverbot vor der Staatsoper steht!«

Schallendes Gelächter ringsumher, Galgenhumor quoll auf, Scherze, die zur Situation passten, wurden erzählt.

Da klang vom Wasser her ein Knall wie ein Peitschenhieb. Und von seltsamer Ahnung ergriffen, rief Rausch: »Wo ist der Bodrožić?«

Aber schon brachten Leute die Leiche des jungen Lyrikers. Er hatte sich in einem der am Steg angelegten Boote erschossen, um seine müde, empfindsame Seele nicht in der Fremde frieren zu lassen.

(5)

An einem milden Septembertag stand der Bundeskanzler, der auch Außenminister war und seine Wohnung im Auswärtigen Amte hatte, an der offenen Balkontüre und sah über die Straße hinweg auf das Getriebe des Volksgartens. Aber dieses Treiben schien ihm weniger lebhaft zu sein als in den vergangenen Jahren, die Kinderwagen rollten nur vereinzelt durch die Alleen, die Sesselreihen und Bänke waren trotz des warmen Wetters nur spärlich besetzt.

Es klopfte, der Kanzler rief scharf: »Herein!« und stand nun seinem Präsidialchef, dem Mag. Reinhard Deibl, gegenüber.

Kickler war Ende Juni, kurz nach der Annahme des Remigrationsgesetzes, auf seinen Bauernhof in den Kärntner Nockbergen gefahren, um seine unter der Last der Verantwortung und Arbeit fast zusammengebrochenen Nerven zu erholen. Auf diesem Hof, den seine Mitarbeiter im Kanzleramt in Anspielung auf große historische Vorbilder immer nur den ‚Berghof‘ nannten, durfte ihn mehr als zwei Monate lang niemand kontaktieren. Er ließ sich weder Briefe noch Akten nachschicken, kümmerte sich nicht um die Zeitereignisse, und nur bei eminent wichtigen Vorfällen durfte ihm Deibl kurze WhatsApp-Nachrichten schicken. Tatsächlich war ja für alles vorgesorgt, der Wiener Polizeipräsident, die Landespolizei-Direktoren wie die Bezirkshauptleute hatten ihre genauen Instruktionen, das Parlament war bis zum Herbst vertagt, also fühlte sich Kickler entbehrlich, ja er hielt es für seine Pflicht, neue Kräfte zu sammeln, um der kommenden Arbeit frisch und stark gegenüberzutreten zu können. Heute Vormittag war er nach Wien zurückgekehrt und nun musste ihm Deibl gründlich referieren. Nachdem verschiedene Personalangelegenheiten erledigt waren, ließ sich Kickler schwer und wuchtig vor seinem Schreibtisch nieder, öffnete sein Notebook, um sich kurze Notizen zu machen und sagte äußerlich ruhig und kalt, während vor Spannung jeder Nerv in ihm vibrierte:

»Nun, lieber Reinhard, berichte mir über den bisherigen Vollzug des neuen Gesetzes und seine Folgen. Wie ist unsere Finanzlage? Du weißt ja, ich bin völlig unorientiert.«

Mag. Deibl räusperte sich und begann:

»Finanztechnisch verläuft nicht alles so glatt, wie wir hofften. Zuerst stieg unser Schilling wie erwartet in Frankfurt sprunghaft an, dann traten leise, wenn auch unbedeutende Schwankungen ein, und seit Ende Juli rührt er sich trotz des starken Goldzustromes aus den Tresoren unserer Unterstützer nicht. Merkwürdigerweise erfüllen sich vorläufig auch unsere Hoffnungen auf die Geldabgaben seitens der Ausgewiesenen nicht. Den Finanzämtern fließen weder große Beträge in Schilling noch in fremden Währungen zu. Es scheint, dass sich unter unseren Mitbürgern nicht wenige Parasiten befinden, die in gewissenloser Weise die überschüssigen, der Besteuerung hinterzogenen

Vermögen der Migranten an sich nehmen und ihnen dafür Abstandsummen in Gestalt von Anweisungen an ausländische Banken geben.«

»Das war nicht anders zu erwarten«, sagte der Kanzler, während ein verächtliches Lächeln um seine zusammengekniffenen Lippen spielte. »Ob In- oder Ausländer – habgierig und selbstsüchtig sind sie alle!«

Dafür brauchen wir aber in den Kontakten mit der System-Presse ein anderes Wording, dachte Deibl und fuhr fort:

»Wie mir der Finanzministers mitteilte, wird uns die Remigration der Ausländer zwar mit Fremdwährungsschulden belasten, unseren Banknotenumlauf aber in keiner nennenswerten Weise vermindern.«

»Geht die Liquidierung und Übergabe der vielen von Ausländern besessenen Kleinbetriebe und Geschäfte glatt vor sich?«

»In dieser Beziehung ist alles in vollem Gange, aber leider zeigt es sich, dass unsere einheimischen Unternehmer nicht mit sehr großer Begeisterung zugreifen. Bei den Gewerbebetrieben und im Gastgewerbe fehlen die Arbeitskräfte und im Handel sackte die Nachfrage ab.«

Der Kanzler stützte die mächtige, gewölbte Stirne in die knochige Hand, wischte dann peinliche Gedanken mit einer Handbewegung fort und sagte gleichmütig:

»Übergangserscheinungen, denen wir uns später widmen werden! Wie vollzieht sich die Ausweisung?«

»Genau nach den Durchführungsbestimmungen des Gesetzes! Sowohl die Polizei als auch die Verkehrsträger arbeiten vortrefflich, täglich verlassen ungefähr zehn Flugzeuge und ebenso viele Züge mit Ausgewiesenen Österreich nach allen Richtungen.«

»Und wie funktioniert die Erfassung der illegal im Land aufhältigen Ausländer?«

»Bestens. Wie geplant geht dabei die Fremdenpolizei mit Unterstützung des Bundesheeres systematisch vor. Die einschlägigen Viertel der Großstädte wurden in Planquadrate unterteilt, die das Bundesheer abriegelt und die Polizei Haus für Haus durchkämmt.«

»Wie viele legal und illegal aufhältige Migranten insgesamt haben das Land bisher verlassen?«

»Etwa vierhunderttausend.«

Kickler blickte überrascht auf. »Wie ist das möglich? Wir haben an ungefähr eine halbe Million Auszuweisender gedacht! Sind also jetzt, nach einem Drittel der veranschlagten Zeit, bereits vier Fünftel erledigt?«

Mag. Deibl lächelte dünn. »Wir haben eben die große Zahl derer, die unsere strengen Assimilationskriterien nicht erfüllen konnten, unterschätzt! Heute hat die Staatspolizei mehr Überblick und sie rechnet nun nicht mehr mit einer halben Million, sondern mit mehr als eineinhalb Million Menschen, die unter das Gesetz fallen! Bei dieser Gelegenheit möchte ich bemerken, dass sich gewisse devastierende, oft sehr peinliche oder auch nur groteske Folgen der Ausweisung zeigen. Zehn von unseren eigenen Nationalräten müssen landesverwiesen werden, und beinahe ein Drittel der mit uns sympathisierenden Journalisten ist entweder direkt oder in seinen Familienmitgliedern betroffen. Es stellt sich heraus, dass unsere besten Bürger von Migrantenblut durchtränkt sind, uralte Familien werden auseinandergerissen, ja es hat sich etwas ereignet, was schallendes Gelächter nicht nur in der System-Presse, die ja noch bis zum letzten Augenblick hetzen wird, erregt, sondern auch in der Auslandspresse. Eine Schwester des Erzbischofs von Wien, Kardinal Göttlicher, ist mit einem Migranten verheiratet, sein Bruder aber mit einer Migrantin, sodass seine Eminenz durch das Gesetz sämtlicher Neffen, Nichten und Geschwister beraubt wird. Vielleicht wird es sich doch empfehlen, unter solchen Umständen dem Nationalrat eine Gesetzesnovelle zu unterbreiten, durch welche die Ausweisung von Personen mit Migrationshintergrund unter gewissen Umständen unterbleiben darf – –.«

Der Bundeskanzler sprang auf und schlug mit der geballten Faust so fest auf den Schreibtisch, dass sein Notebook abstürzte.

»Nie und nimmer, wenigstens nicht, solang ich im Amt bin! Eine solche Ausnahmebestimmung würde das ganze Gesetz zum Weltwitz machen, wir wären bis auf die Knochen blamiert. Wokismus, Liberalismus und Kommunismus würden triumphieren wie noch nie in ihrer Geschichte, Korruption und Bestechlichkeit wäre Tür und Tor geöffnet! Sie kennen ja die gewissen Damen und Herren Hof- und Sektions- und Regierungsräte mit den offenen Händen und leeren Taschen! Nein, es darf keine Ausnahmen geben, Leid und Kummer einzelner Familien dürfen an den Grundmauern des Gesetzes nicht rütteln! Im letzten großen Krieg gegen den Kommunismus musste eine halbe Million Österreicher ihr Leben lassen und man hat nicht aufgemuckt! Was ist im Vergleich dazu die Tatsache, dass ein paar tausend oder vielleicht hunderttausend Staatsbürgern unseres Landes Unbequemlichkeit und Ärger verursacht wird? Ich bitte Euch, in diesem Sinne die uns freundlich gesinnten Blätter zu instruieren. Und Dich persönlich bitte ich dringend, Dich nicht mehr zum Sprachrohr solcher Einflüsterungen machen zu lassen!«

Mag. Deibl nickte erblassend.

»Dann ist es ja auch überflüssig, wenn ich Dir von den furchtbaren Jammerszenen berichte, die sich täglich auf den Bahnhöfen und Flughäfen beobachten lassen und die oft solche Dimensionen annehmen, dass selbst der Pöbel, der dort in der Absicht weilt, die Ausgewiesenen zu beschimpfen, ergriffen schweigt und Tränen vergießt – –.«

»Solche Szenen waren vorhergesehen und sind unvermeidlich! Instruiere sofort die Polizei dahingehend, dass Bahnhöfe und Flughäfen abgesperrt werden, die Abfahrt der Züge tunlichst nur zur Nachtzeit erfolgt und nicht von den Hauptbahnhöfen, sondern von den außerhalb der Städte gelegenen Rangierbahnhöfen. Und nun nur noch eine Frage: Wie nimmt die Bevölkerung im allgemeinen die Durchführung des Gesetzes auf?«

»Mit größter Begeisterung natürlich! Wie unsere systematischen Analysen der sozialen Medien und sämtliche Berichte der Polizeispitzel zeigen, befindet sich die einheimische Bevölkerung geradezu in einem Freudentaumel. Man erwartet allgemein eine baldige Sanierung der Verhältnisse, Verbilligung der Lebensmittel und gleichmäßigere Verbreitung des Wohlstandes. Sogar bei der stark geschrumpften SPÖ-Wählerschaft ist die Befriedigung über den Fortzug der Migranten groß. Anderseits lässt sich nicht verhehlen, dass die Bevölkerung erregt und unsicher ist. Niemand weiß, was die Zukunft bringen wird, die Massen leben in den Tag hinein, eine ganz staunenswerte Verschwendungssucht in den unteren Einkommensschichten macht sich bemerkbar und die Zahl der Alkoholexzesse und Drogentoten steigt von Tag zu Tag.

Zur Hebung der Stimmung trägt aber sehr wesentlich der Umstand bei, dass die Wohnungsnot mit einem Schlage aufgehört hat. Allein in Wien sind seit Beginn des Monates Juli zigtausend Wohnungen, die bisher Migranten inne hatten, frei geworden. Da ist es fürs erste auch zu verschmerzen, dass der Wohnbau sowie die Sanierungen mangels Arbeitskräften fast völlig zum Erliegen gekommen sind. Erfreulich auch, dass sich die Sorgen der Haus- und Wohnungseigentümer nicht bewahrheitet haben. Man hatte nämlich, befürchtet, dass die drastisch sinkenden Mietpreise auch die Preise ihrer Häuser und Wohnungen in die Tiefe reißen würden. Tatsächlich haben sich aber die Immobilienpreise nach kurzem Rückgang wieder stabilisiert. Denn offenbar haben viele unserer Leute den Lohn für ihre Beihilfe zum Auslandstransfer der von den Ausgewiesenen nicht versteuerten Gewinne in Betongold angelegt. Sehr erfreulich ist schließlich auch eine indirekte Folge der Wohnungsschwemme. Wir beobachten nämlich eine wahre Flut von Trauungen, sodass die Standesämter Überstunden machen müssen.«

Kickler nickte befriedigt lächelnd. »Damit wären wir also für heute fertig. Ich bin nun halbwegs im Bilde und werde jetzt die Referate der einzelnen Bundesministerien durchstudieren.«

Ein Kopfnicken und der Präsidialchef war entlassen. Deibl blieb aber noch stehen und lenkte die Aufmerksamkeit des Kanzlers, der schon ein Aktenfaszikel aufgeschlagen hatte, durch diskretes Räuspern auf sich.

»Ich möchte Dich noch darauf aufmerksam machen, dass der Wiener Gemeinderat mit großer Stimmenmehrheit beschlossen hat, den Schottenring in Adi Kickler-Ring umzutaufen und dass seitens dreihundert österreichischer Gemeinden ähnliche Umtaufungen von Plätzen und Straßen beschlossen wurden. In Klagenfurt hat sich sogar ein Denkmalkomitee gebildet, das Dir im nächsten Jahr schon eine Statue aus Marmor errichten will.«

Der Kanzler stand auf, ging zum Balkon, sah wieder auf den Volksgarten hinab, schritt mit wuchtigen Tritten schwer und plump zweimal durch den großen Raum und sagte dann:

»Unterbinde alle solchen Ehrungen! Sie sollen verschoben werden bis zum zehnjährigen Jubiläum der Befreiung Österreichs von den Migranten!«

(6)

Weihnachtsabend im Haus von Hofrat Franz Spineder. Weit draußen in Grinzing, außerhalb der Endstation der Linie 38, lag das kleine, gelbe Backsteinhäuschen, das der Hofrat noch von seinem Großvater geerbt hatte. Von außen sah das einstöckige Haus mit dem großen grün gestrichenen Holztor und den grünen Jalousien fast primitiv aus, aber wenn man das Tor öffnete und in den Hof mit dem altertümlichen Ziehbrunnen trat, blieb man überrascht und entzückt stehen. Der Hof ging in einen sanft ansteigenden Garten über, der schier endlos war. Im Sommer leuchteten die Levkojen, Tulpen, Rosen und Nelken in südlicher Pracht, hinter dem Ziergarten kam ein richtiger Wald von Obstbäumen, die sich unter der Last der Äpfel, Birnen, Marillen, Zwetschgen und Kirschen tief zur Erde beugten, und wenn man auch sie hinter sich hatte, so war man noch immer nicht am Ende des Gartens, sondern ging steil durch einen Weinberg, um endlich ganz oben auf ein altwienerisches Lusthäuschen mit bunten Scheiben zu stoßen.

Köstlich wie der unvermutete Garten war auch die Einrichtung der Wohnzimmer. Uralte, behagliche, steife und graziöse Möbel aus der Barock-, Kongress- und Biedermeierzeit, kostbare Stiche und Bilder an den Wänden, zwei echte Waldmüller, ein Schwind im Salon, bunte, schöne Gläser, Altwiener Porzellan, funkelndes Silbergerät in den Vitrinen und Kredenzen, und man brauchte nur die Augen zu schließen, um die Männer und Frauen in Kostümen der Maria Theresianischen Zeit und Biedermeierröcken vor sich zu sehen.

Inmitten dieses Museums, wie ein großer Fremdkörper, ein modernes Pflegebett, in dem der vor einem Jahr, kurz nach seiner Pensionierung, durch einen schweren Schlaganfall halbseitig gelähmte Hofrat lag. Franz Spineder war Beamter wie sein Vater und sein Großvater gewesen, aber er war auf den Gehalt eines Hofrates im Unterrichtsministerium nicht angewiesen, sondern recht vermögend, und allein das Haus mit seinem riesigen Garten und der kostbaren Einrichtung repräsentierte heute einen hohen Wert. Außerdem aber war seine Frau eine geborene Halbhuber, deren Urgroßväter schon vor dem zweiten Weltkrieg soliden Reichtum erworben hatten. Und da das Ehepaar Spineder nur ein Kind, die jetzt zweiundzwanzigjährige Lisa, besaß, konnte es inmitten der Wirrnisse einer zerrissenen Zeit allen das Land und sie persönlich heimsuchenden Schicksalsschlägen zum Trotz sein behagliches Leben führen.

Solch persönliche Schicksalsschläge hatten nicht nur den Hofrat sondern auch dessen Gattin getroffen. Denn sie litt seit Jahren schon an Multipler Sklerose und war auf den Rollstuhl angewiesen. Dank der ausgezeichneten finanziellen Situation der Familie war es möglich gewesen zwei 24-Stunden-Betreuungen zu installieren, für die man vier dauerhaft in Österreich anwesende und einander im Zweiwochenrhythmus ablösende philippinische Frauen engagiert hatte. Als diese dann vor drei Monaten das Land verlassen mussten und alle Pensionistenheime und Seniorenresidenzen Aufnahmesperren ausriefen, unterbrach Lisa ihr Kunststudium, um nun selbst die Betreuung der Eltern zu übernehmen.

Jetzt schmückte sie gerade im Beisein ihrer im Rollstuhl sitzenden Mutter den Weihnachtsbaum, befestigte an den duftenden Zweigen Schokoladekringel, Bonbons, Glaskugeln und Kerzen. Frau Spineder, eine noch immer hübsche, rundliche Frau, sah ihre blonde, auffallend schöne Tochter von der Seite an.

»Lisa, nun hast du schon wieder Tränen in den Augen! Bedenk' doch, dass Papa wenigstens heute fröhliche Gesichter sehen will und mach ihm das Herz nicht noch schwerer.«

Lisa ließ einen kleinen Rauchfangkehrer aus Schokolade fallen, dass sein Kopf fortrollte, schlug die Hände vor das Gesicht, lehnte sich an die Schulter der Mutter und jammerte.

»Mama, Du wirst sehen, ich werde es nicht überleben, dass jetzt auch Boris fort muss!«

Frau Spineder, der selbst das Wasser in den Augen stand, streichelte zärtlich das Haar der Tochter.

»Dann fahr eben mit ihm Lisa! Vielleicht kann ich Papa noch überreden, dass wir beide in diese Seniorenresidenz ziehen, in der wir auf der Warteliste stehen. Wenn man da finanziell nachhilft, kommt man sicherlich schnell an die Reihe, sobald wieder Plätze frei werden.«

Bei diesen Worten schluchzte Lisa auf: »Ich war dort! Ich war ja dort! Hab es mir angesehen. Glaub mir Mama, es ist schrecklich!«

»Na, na, was kann denn da so schrecklich sein. Es ist doch eine von diesen Premium Residenzen für gehobene Ansprüche.«

»Von wegen gehobene Ansprüche. Dass ich nicht lach. Jetzt, wo alle Pflegekräfte ohne österreichischen Pass weg sind, haben die genau so wenig Personal wie die einfachen Seniorenheime. Der einzige Unterschied sind die japanischen Pflegeroboter, die sie in aller Eile im Herbst angeschafft haben. Wie ich dort war, hat es eine Roboterpanne gegeben. Auf der ganzen Station war nur mehr eine Pflegerin, und mit der hab ich grad gesprochen, als plötzlich im ganzen Haus die Sirenen schrillen und rote Warnlichter blinken. Sie ist losgelaufen, ich mit ihr und dann haben wir gesehen, was passiert war. Eine bettlägerige Frau wollte nicht mehr weiter essen, der Roboter hat sie aber immer weiter gefüttert. Sie hat geschrien und das ganze Bett war schon voll mit Spinat und Spiegelei. Nein, Nein. Ich lass Euch dort nicht verkommen.«

Frau Spineder wollte sich nichts anmerken lassen. Man sah ihr aber deutlich an, wie betroffen sie war. Zum Glück klingelte es nun und sie konnte das Thema wechseln. »Das wird Dein Boris sein. Mach ihm auf und schiebt dann zu zweit den Papa herein.«

Lisa tat, wie ihr geheißen und Boris Petrov betrat das Haus. Er war ein wenig älter als sie, schlank, dunkelhaarig, glattrasiert und hatte lebhafte braune Augen, aus denen Klugheit und Humor blitzten. Sie

hatten einander an der Akademie der bildenden Künste kennen gelernt, wo beide studierten. Zuerst fand er Gefallen an ihren Bildern,
bald jedoch auch an der jungen Künstlerin, die seine Zuneigung von
ganzem Herzen erwiderte.

Während Frau Spineder vom Rollstuhl aus mit einer an einem langen Stiel befestigten Kerze alle Lichter des Christbaums entzündete,
schoben Lisa und Boris das Bett des Hofrats ins Zimmer.

Der stand der Verbindung seiner Tochter mit dem talentierten
Zeichner und Maler mit großer Sympathie gegenüber. Noch hatte der
junge Mann zwar kein festes Einkommen, weshalb er nun auch zur
Ausreise gezwungen war. Unter Kennern galt er aber schon als Ge-
heimtipp. Eine erste Boris Petrov-Mappe hatte im Vorjahr einiges
Aufsehen erregt und machte große Hoffnungen für die Zukunft. Auch
der Umstand, dass Boris Bulgare war, focht den Hofrat nicht im Min-
desten an. In seinem Hause verkehrten viele Musiker, Literaten, Maler, und die meisten von ihnen hatten zumindest Migrationshintergrund.

Als vor Jahresfrist die ersten Gerüchte über Remigrationspläne bei
den Schwarzen und Blauen auftauchten, hatte Hofrat Spineder nicht
daran glauben können. Und als er dann daran glauben musste, war
seine Empörung maßlos gewesen. Noch größer aber war sein Schmerz
über den Kummer, den die bevorstehende Ausweisung von Boris für
seine Tochter bedeutete. Dieser Schmerz verband sich mit schlechtem
Gewissen, wusste er doch nur zu genau, dass er selbst die eigentliche
Ursache jenes Kummers war, weil er sich nicht mit dem Gedanken
abfinden konnte, Lisa mit Boris ins Exil ziehen zu lassen. Die Liebe zu
seinem einzigen Kind hatte sich mit dem Egoismus des alten bettläge-
rigen Mannes zu einer unüberwindlichen Hürde verbunden.

Die Bescherung war reichlich ausgefallen, Lisa von den Eltern freigebig bedacht worden. Sie beachtete jedoch all die Päckchen kaum, sondern presste immer wieder das Geschenk von Boris, ein kleines Medaillon mit seinem Portrait, an ihre Lippen. Unterm Lichterbaum herrschte daher eher Trauer als Feststimmung und vergeblich versuchte der Hofrat ein leichtes Gespräch zu entwickeln. Als dann der einst noch von ihm selbst gekelterte goldgelbe Wein kredenzt wurde, erhob er mit der nicht gelähmten rechten Hand sein Glas und sagte mit bewegter Stimme:

»Dein Wohl, Boris! Möge das Glück dich auch in der Fremde begleiten, möge das Schicksal in absehbarer Zeit uns alle wieder vereinen! Kinder, ich weiß, dass ihr mir bös seid, kann aber nichts tun, als mit euch leiden. Seht, Mama und ich sind auf Lisa angewiesen, und so ist es doch nur natürlich, wenn wir uns mit allen Fasern dagegen sträuben, diesen letzten Sonnenstrahl in unserem Leben fortziehen zu lassen. Aber selbst wenn wir zu solcher Selbstlosigkeit fähig wären, würde mich das Pflichtgefühl davon abhalten. In normalen Zeiten gäbe ich euch meine besten Wünsche auf den Weg mit und würde sagen, dass wir in guter Betreuung sind. Aber damit ist es ja nun leider endgültig vorbei. Denn in einer dieser schrecklichen Senioren-Endlagerstätten würden wir beide wohl sehr bald verrecken. Und wer weiß, womöglich wärest dann eines Tages du, Lisa, von so großem Schuldgefühl geplagt, dass es deine Liebe zu Boris verdrängen und dich mit einem bitteren Vorwurf gegen ihn, der dich mitnahm in seine Verbannung, erfüllen würde. Ihr seid beide jung und das ganze Leben liegt vor euch. Lasst ein paar Jahre vergehen, vielleicht seid ihr dann voneinander losgekommen oder aber es traten Entwicklungen ein, die euch doch noch vereinigen.«

Während Lisa fassungslos weinte und mit ihr die Mutter, hob nun auch Boris sein Glas.

»Papa, so darf ich dich ja doch wohl noch nennen, ich muss deine Argumente akzeptieren, wahrscheinlich würde ich an deiner Stelle nicht anders sprechen. Aber eines sage ich dir und Lisa: Mein Leben wird von nun an ein einziger Kampf werden! Man sagt uns Bulgaren Zähigkeit nach – ich will dieses Vorurteil bestätigen. Mit Kopf und Herz, mit meinem ganzen Können und Wollen werde ich darauf hinarbeiten, wieder mit dir, Lisa, zusammen zu sein, so oder so! Man kann mich vertreiben wie einen räudigen Hund, man kann aber meinen Willen nicht brechen! In diesem Sinne leere ich mein Glas auf euer Wohl und auf unsere Vereinigung, die vielleicht früher kommen wird als wir alle heute zu hoffen wagen!«

Am nächsten Tage fuhr Boris Petrov mit einem Zuge fort, der sich zum großen Teil aus Wissenschaftlern, Ärzten und Künstlern zusammensetzte. Außer Lisa und deren Eltern ließ er nichts zurück, was ihm wert war, da seine eigenen Eltern längst nicht mehr lebten.

(8)

Der letzte Tag des Jahres wurde für Wien zu einem Festtag, wie ihn diese vergnügungssüchtige Stadt noch nie erlebt hatte. Unter Aufbietung aller verfügbaren Flugzeuge der AUA und des gesamten rollenden Materials der ÖBB war es gelungen, an diesem Tag die letzten Migranten fortzuschaffen. Sehr viele von ihnen musste man nicht nach Russland bringen. Denn neben den von der Abschiebung betroffenen EU-Bürgern konnten auch all jene, die in einem EU-Land Verwandte hatten oder eine dort nachgefragte Qualifikation besaßen, in das betreffende Land ausreisen. Das hatten Kickler und seine Gesinnungsfreundin Meloni in einem geheimen Sideletter vereinbart. Die meisten Südosteuropäer gingen aber zurück in ihre Heimatländer. Denn die hatten sich mittlerweile im Gefolge massiver chinesischer und russischer Investitionstätigkeit zu wahren Wachstumslokomotiven entwickelt, die händeringend nach Arbeitskräften suchten und mit stetig steigenden Löhnen lockten.

Um ein Uhr mittags verkündeten Sirenentöne, dass der letzte Zug mit Migranten Wien verlassen hatte, und um sechs Uhr abends läuteten in ganz Österreich sämtliche Kirchenglocken zum Zeichen, dass kein Ausländer mehr im Lande weilte.

In diesem Augenblick begann das große Befreiungsfest in Wien. Hunderttausend Häuser waren mit rot-weiß-roten Fahnen beflaggt, Tücher in diesen Farben schmückten sämtliche Geschäfte und hinter allen Fenstern hatte man Kerzen entzündet. In frostiger - früher hätte man wohl gesagt, 'sehr milder' - Silvesternacht zogen hundertausende Menschen durch die Straßen, um sich zu Zügen zu vereinen. Männer, Frauen und Kinder trugen Lampions, Musikkapellen marschierten den einzelnen Bezirksgruppen voran, ein Jauchzen und Jubeln ertönte, und immer wieder zerriss der Ruf: »Sie sind raus! Sie sind raus!«, die Luft!

Treffpunkt aller Züge war das Rathaus. In feenhafter Pracht präsentierte sich der gewaltige, gotische Bau den Augen der Wiener. Unzählige LED-Spots ließen ihn wie eine einzige Flamme leuchten. Auf einer Tribüne spielten die unvergleichlichen Wiener Philharmoniker die volkstümlichsten Weisen der Strauss-Dynastie, und heimische Popgiganten wie Andreas Gabalier, DJ Ötzi und die John Otti Band boten ihre besten Songs dar. Die Volkshalle, der Rathausplatz, der Ring vom Schottentor bis zur Bellaria bildeten eine einzige Menschenmauer, und um acht Uhr war es kein Rufen mehr, sondern ein immer wieder erdröhnendes Heulen aus einer Million Kehlen: »Sie sind raus! Sie sind raus!«

Endlich kam der große Moment. Bürgermeister Dominik Schnapp erschien mit seinem Parteifreund Kickler auf dem Balkon. Der Bundeskanzler ergriff zuerst mit machtvoller Stimme, die sich bis jenseits des Ringes Gehör verschaffte, das Wort. Er sprach kurz, trocken, aber umso wirkungsvoller:

»Mitbürger, ein ungeheures Werk ist vollendet! All das, was in seinem innersten Wesen nicht österreichisch ist, hat die Grenzen unseres kleinen, aber schönen Vaterlandes verlassen! Wir sind nun allein unter uns, eine einzige Familie, wir sind künftig auf uns und unsere Eigenart gestellt, mit eigener Kraft werden wir unser gesäubertes Haus frisch bestellen, morsche Mauern stützen, geborstene Pfeiler aufbauen. Wiener und Wienerinnen, Brüder und Schwestern aus allen Bundesländern! Wir feiern heute ein Fest, wie es noch nie gefeiert wurde. Morgen beginnt ein neues Jahr und für uns alle ein neues Leben. Morgen dürfen wir noch ruhen und uns beschaulich besinnen. Dann aber müssen wir arbeiten, wie wir noch nie gearbeitet haben. Unser ganzes Können müssen wir unserem Vaterlande widmen, jede Stunde muss genützt werden. Wir werden der ganzen Welt zeigen müssen, dass Österreich auch ohne Migranten leben kann, ja dass wir eben deshalb gesunden, weil wir das Fremde aus unserem Blutkreislauf entfernt haben. Mitbürger, schwört es mir in dieser feierlichen Stunde in die Hand, dass wir alle nicht mehr schwelgend in den Tag hineinleben wollen, sondern arbeiten, arbeiten und nichts als arbeiten, bis uns die Früchte unserer Arbeit erblühen.«

Der Ruf: »Wir schwören es!« brauste auf, und fremde Menschen schüttelten einander die Hände. Männer und Frauen sanken einander weinend und lachend in die Arme, die Bundeshymne wurde angestimmt und dann erklang ohne Verabredung und doch wie aus einem Munde der Ruf »Hoch lebe Kickler, Befreier Österreichs!«. Durch dessen mehrmalige Wiederholung gerieten die Leute allmählich in einen richtigen Taumel und bald dröhnte nur mehr ein ekstatisches »Heil Kickler! Heil Kickler!« über den Rathausplatz. Leider führte dessen bekanntermaßen schlechte Akustik zu einer eigentümlichen Verzerrung dieser Worte, was dann ein lebhaftes Echo in den Kommentarspalten der Auslandspresse auslöste. Aber welchen aufrechten Österreicher hätte das in jenen großen Tagen gestört. Man war schlechte Auslandspresse schon seit langem gewohnt und schloss als Reaktion darauf die Reihen nur noch dichter.

Als sich Jubel und Tumult ein wenig gelegt hatten, kam endlich auch Bürgermeister Schnapp zu Wort. Er begann seine Ansprache mit den Worten:

»Meine lieben Wiener! – –«

Aber viel mehr war nicht zu vernehmen, denn wie aus dem Nichts kam urplötzlich starker Sturm auf, zugleich prasselte einer jener sintflutartigen Regengüsse nieder, an die sich die Menschen noch immer nicht gewöhnt hatten, und unter Schreien und Kreischen zerstreute sich die Menge, um zu den Straßen- und U-Bahnen zu eilen.

ZWEITER TEIL

(1)

Lisa Spineder an Boris Petrov, Paris, Rue Foch 22.

Mein Liebster, nun sind genau zwei Jahre vergangen, seit ich Dir am Hauptbahnhof nachwinken musste. Und aus diesem Anlass habe ich beschlossen, auf ganz altmodische Weise durch einen Brief mit Dir in Kontakt zu treten. Ich glaube, das war eine gute Idee. Denn wenn ich mich hier über das Papier beuge, fühle ich mich Dir seltsamerweise näher als bei manchen unserer Telefonate.

Das zweite Weihnachtsfest ohne Dich liegt nun hinter mir. Es war wieder recht traurig, und Papa meinte sehr besorgt, dass ich noch ganz krank werden würde, wenn ich mich meinem Schmerz so hingebe. Ich bin jetzt nämlich immer sehr blass, schlafe schlecht, habe oft Kopfweh und werde immer gleich so müde. Unser Hausarzt meint, es sei Eisenmangel und hat mir einen Kräutersaft verordnet, aber ich weiß, dass es neben der doch sehr anstrengenden Pflegearbeit vor allem meine Sehnsucht nach Dir ist, die mich schwach und krank macht.

Riesige Freude bereitet mir die eindrucksvolle Mappe, die man jetzt auf Deiner Homepage bewundern kann. Du bist, wie diese herrlichen Blätter belegen, ein ganz großer Künstler. Ich stimme Papa völlig zu, wenn er meint, dass Du bald schon zur obersten Liga gehören wirst. Er hat furchtbar auf unsere Regierung geschimpft, die solche Leute, statt sie zu ehren, aus dem Lande jagt. Das E-Mail, in dem Du von Deinen großen Erfolgen berichtest, hat mich natürlich sehr beglückt, und Papa hat uns vorgerechnet, wie viele Millionen österreichischer Schillinge die dreißigtausend Francs wären, die Du für diese Mappe bekommen hast. Der Schilling ist nämlich schon wieder stark gefallen. Nur als ich las, dass Du so viel in Gesellschaft verkehrst und Dich der Einladungen in die feinsten Häuser kaum erwehren kannst, bekam ich etwas Herzklopfen. Wirst Du bei all den schönen Pariserinnen nicht Deine arme Lisa ganz vergessen? Ach Boris, was soll nur aus uns werden, wann werden wir uns wieder umarmen können? Wenn ich nicht das Gefühl hätte, meine Eltern in Stich zu lassen, würd ich gleich zu Dir fliegen, egal ob es dem Papa nun recht wäre oder nicht. Ich weiß, dass ich ihn damit furchtbar kränken würde, aber meine Sehnsucht nach Dir ist so groß, dass ich ganz grausam geworden bin. Noch ist aber das Pflichtgefühl stärker als meine Grausamkeit ...

Der zweite Jahrestag unseres Abschieds ist ein guter Anlass, Dir (und wohl auch mir selbst) in aller Ruhe zu schildern, wie ich erlebt habe, was seitdem in unserem Land geschah. Bitte lach mich nicht aus, wenn Dir das eine oder andere, was ich nun schreibe, etwas naiv vorkommt. Wenn man am Abend schon beim Lesen der Schlagzeilen einschläft, weil man den ganzen Tag nur mit Umbetten, Kathederwechseln, Essenszubereitung, Essensverabreichung, Kontrolle der Medikamenteneinnahme und Haushaltsarbeit beschäftigt war, dann wird der Horizont immer kleiner. Ich bemühe mich aber ernsthaft nicht ganz zu verblöden. Lese jetzt zum Beispiel den Wirtschaftsteil der Zeitungen immer sehr genau. Leider versteh ich nicht alles, weil ich mich früher viel zu wenig mit diesen Dingen beschäftigt habe.

Also, von dem großen Jubel und den Festzügen an jenem Silvestertag, an dem die letzten Migranten Wien und Österreich verlassen hatten, weißt Du ja ohnehin. Nun, den ganzen Jänner hielt diese Stimmung an, die Leute machten alle fröhliche Gesichter, ein Festkonzert folgte dem anderen und immer wieder zogen die Massen vor das Rathaus oder das Bundeskanzleramt, um Bürgermeister Schnapp und Kanzler Kickler zu huldigen. Mir selbst ist es aufgefallen, dass die Wiener in den Öffis viel freundlicher und netter waren als vorher, und der Hofrat Dumpf, der bei uns verkehrt, Du weißt, der mit dem blonden Vollbart, den Du nie leiden mochtest, sagte triumphierend zu uns:

»Sehen Sie, das sonnige Gemüt der Wiener, das so lange von all dem Fremden überschattet worden ist, bricht jetzt wieder durch.«

»Ja, Schnecken,« brummte Papa, »das ist nur, weil den Wienern das Ganze eine Riesenhetz ist und weil wieder Wohnungen zu haben sind.«

Das mit den Wohnungen hat den Leuten wirklich viel Freude gemacht. Stell Dir vor: Plötzlich wurden sie einem auf Willhaben richtig nachgeschmissen. Und an fast an allen Haustoren hingen Zettel, auf denen Wohnungen angeboten wurden. Die Leute gingen rein zum Zeitvertreib von Haus zu Haus, um sie zu besichtigen. Und den ganzen Tag sah man Möbelwagen durch die Straßen fahren.

Die Euphorie dauerte so etwa bis zum Fasching, aber dann war die gute Laune weg. Allmählich begannen nämlich die Preise zu steigen. Die Wirtschaftsforscher haben gesagt, dass das vom Arbeitskräftemangel verursacht war. Die Supermärkte hatten keine Regalbetreuer und Kassierinnen mehr, der Online-Handel kein Personal in den Logistikzentren und bei der Auslieferung, am Bau fehlten nicht nur die Hilfsarbeiter, sondern auch viele Installateure, Elektriker usw., und im Gastgewerbe sowie im Tourismus war es fast so arg wie im Pflegesektor, von dem ich ja selbst ein Lied singen kann. In all diesen Bereichen kam es zu entsprechenden Lohnsteigerungen, die die Preise ordentlich anheizten. Das wieder führte dann auch zu Lohnsteigerungen in der Industrie und den übrigen weniger vom Personalmangel betroffenen Sektoren.

Inzwischen sieht es leider so aus, als ob das alles bloß der erste Akt eines Trauerspiels gewesen wäre, in dem wir jetzt mittendrin stecken. Denn inzwischen brach nicht nur der Tourismus zusammen. Auch in der Industrie häuften sich die Betriebsschließungen. Das hatte aber, wie uns die Wirtschaftsforscher erklären, andere Ursachen. Während nämlich die Tourismusbetriebe wegen des Personalmangels dicht machten, kam die Industrie auf den Auslandsmärkten wegen der Lohnsteigerungen unter Druck. Der einbrechende Tourismus ließ dann den Wert des Schillings fallen, was an sich gut für die Exporte war. Leider wurden aber dadurch die importierten Vorprodukte so teuer, dass die Exportindustrie letztlich nicht vom Schillingverfall profitierte. Mittlerweile scheinen wir uns in einer nicht zu bremsenden Abwärtsspirale von steigender Inflation und Arbeitslosigkeit zu befinden, die nicht nur mir richtig Angst macht. Seit dem heurigen Frühjahr sind die Leute wieder sehr mürrisch und in den Öffis wird viel geschimpft.

Überhaupt liegt über der ganzen Stadt eine richtig miese Stimmung. Früher haben sich die Leute geärgert über die vielen Migranten, die unsere Parks bevölkern und mit ihren Kinderwägen die Öffis verstopfen. Jetzt sind die Parks und U-Bahnen halb leer, und es fällt so richtig auf, wie wenige Kinder wir Österreicher haben. Wegen der vielen Schließungen von Tourismusbetrieben ist auch die Zahl der uns willkommenen Ausländer (sprich: Touristen) stark gesunken. Mir selbst fehlt das Bunte, Gemischte und der orientalische Flair von Wien. Es haben ja nicht nur alle einst von Türken, Jugos und anderen Ausländern geführten Lokale geschlossen. Jetzt gibt es auch keinen Brunnenmarkt mehr und das, was vom Naschmarkt übrig blieb, ist ein schlechter Witz. Auch die vielen ausländischen Studenten fehlen im Getriebe der Stadt. Wien ist so alt geworden.

Nun muss ich aber schließen, weil es schon ein Uhr nachts ist und ich auch nichts Besonderes mehr weiß. Lebe wohl, mein Liebster, und denke Dir was aus, damit wir bald wieder beisammen sind, weil mich sonst das Leben nicht mehr freut. Es küsst Dich Deine ganz verzagte

Lisa.

(2)

Der Philosoph, Prof. Dr. Stuss, Rektor der Universität Wien, ging langen Schritts, schweigend, mit gerunzelter Stirne durch die prunkvolle, aber menschenleere Aula seiner Hochschule. Neben ihm trippelte, in ihren High Heels kaum mit ihm Schritt haltend, eine Kunsthistorikerin, die Vizerektorin für Studium und Lehre, Frau Prof.in Dr.in Dr.in Pia Schwurb. Beide eilten von Lehrsaal zu Lehrsaal, Stuss öffnete eine Türe nach der anderen und seine Miene wurde von Mal zu Mal düsterer. Denn jeder Lehrsaal war ein Leersaal. Als sie schließlich zur ebenfalls gähnend leeren Universitätsbibliothek kamen, stieß er unwillige Rufe aus, machte kehrt und stürmte zurück ins Rektorat. Dort angekommen, wendete er sich an die ganz außer Atem kurz nach ihm eintreffende Frau Professorin Schwurb:

»Eine Katastrophe! Eine einzige Katastrophe! Wir werden bei allen Hochschulrankings ins Bodenlose stürzen. Das macht nicht nur unsere Lehre, sondern auch unseren Forschungsbetrieb auf Jahrzehnte kaputt. Welche renommierten Forschenden werden denn jetzt noch zu uns kommen?!«

Mit sorgenvoller Miene pflichtete ihm Professorin Schwurb bei: »Sie hätten nicht gleich fünf Jahrgänge zum Arbeitsdienst verpflichten sollen. Einer, oder maximal zwei hätte doch gereicht!«

»Jetzt haben sie zwar etwas mehr Pflegepersonal und Bauhilfsarbeiter, aber wer wird denn nun die Ärzte und Diplomingenieure ausbilden, die denen sagen, was zu tun ist? Holen wir die dann erst recht wieder aus dem Ausland?«

»Wenn sie uns wenigstens die deutschen Studenten gelassen hätten. Die haben doch niemanden gestört. Das war doch reine Prinzipienreiterei.«

»Man müsste halt so gute Verbindungen zur Regierung haben wie die Bauern. Die haben es sich dann doch noch im Nachhinein gerichtet mit ihren Ausnahmegenehmigungen für die Erntehelfer.«

»Naja, aber es würde halt auch keinen sehr schlanken Fuß machen, wenn wir mit unseren Auslandsstudenten so verfahren würden wie die mit den Erntehelfern. Die wohnen ja in bewachten Containern mit Anwesenheitspflicht zwischen 22 Uhr und 6 Uhr früh, werden dann in Bussen auf die Felder gefahren und dort von unserer neuen Heimatwehr bewacht. Welcher Student käm den unter solchen Bedingungen noch nach Wien?«

»Trotzdem. Ich kenn den Ökonomierat Krautgartner vom Bauernbund noch aus meiner Zeit beim Bundesheer. Den werd ich fragen, ob er mir einen Termin beim ÖVP-Vizekanzler vermitteln kann.«

(3)

Im Cafe Imperial stand Rechtsanwalt Dr. Winkelzug vor einem der neulich aufgestellten Kaffeeautomaten und murrte zu dem am Nachbargerät hantierenden Hofrat Mag. Bücklinger.

»Was da runterrinnt, ist ein richtiges Gschlader. Wenn mir irgendwann jemand prophezeit hätt, dass ich einmal im Imperial vor so einer Brühe sitze, die ich mir vorher auch noch selber hab holen müssen, ich hätt den für verrückt gehalten.«

»So sein's doch froh, dass wir jetzt wenigsten das haben. Das Cafe Imperial wär ja doch noch immer gesperrt, wenn nicht unser Herr Vizekanzler immer so bemüht wär, das Schlimmste zu verhindern. Wenn der nicht interveniert hätt, weil seine Auslandsbesuche, die hier absteigen, spitze Bemerkungen über das geschlossene Hotel-Cafe machen, dann hätten's hier sicher keine Automaten angeschafft.«

»Ja aber was ist denn das für ein Kaffeehausfeeling. Früher hat man sich mühsam ein Platzerl ergattern müssen. Und jetzt könnt' man hier

Walzer tanzen, weil eh' kein Mensch im Weg steht - wenn einem net die Lust aufs Tanzen schon längst vergangen wär.«

Bückling zog die Augenbrauen hoch: »Na, Na, hör ich da einen destruktiven Subtext?«

»Ich sag's Ihnen auch gern im Haupttext: Mich stört das alles hier! Und was mich am meisten stört, ist die leere Kuchenvitrine. Wenn ich an die herrlichen Apfelstrudeln und Mohnbeugeln denk, die da früher drin gelegen sind, dann rinnt mir noch heut das Wasser im Mund zam.«

»Da haben Sie ausnahmsweise Recht. Aber Konditoreiwaren gibt's ja leider nirgends mehr in Wien.«

»Dass ich nicht lach. Heut kriegt sie ja nicht einmal mehr Personal für die Hotelküche. Im Restaurant gibt's jetzt immer nur den Tagesteller und als Nachspeis ein Obst.«

»Simma doch froh, dass der Herr Vizekanzler beim Verteidigungsminister eine Kompanie Pioniere herausgeschunden hat, die ihnen die Hotelbetten machen und das ganze Haus alle zwei Wochen durchputzen. Sonst müsst ma ja hier auch noch im Dreck sitzen.«

Herr Dr. Winkelzug wischte mit seinem Daumen über den mit klebrigen Kaffeeflecken übersäten Tisch und hielt ihn dann dem Hofrat Bücklinger vor die Nase: »Und wie nennen Sie das hier?«

(4)

Der Frühlingsbeginn, der seit jeher als politisch aufgeregte Zeit gilt, brachte Österreich auch in diesem Jahr unruhige Tage. Betriebsschließungen in allen Branchen und Arbeitslosigkeit griffen erschreckend um sich und es häuften sich lärmende Kundgebungen der gekündigten Arbeiter und Angestellten, bis in bewegter Ministerratssitzung beschlossen wurde, das Arbeitslosengeld zu erhöhen. Der Finanzminister hatte sich mit Händen und Füßen dagegen gesträubt, der Kanzler aber schließlich seinen Willen durchgesetzt. Kickler, der noch starrer, knochiger, härter geworden war, erklärte, dass nun wie zu Corona-Zeiten die Devise ‚Koste es, was es wolle‘ zu gelten habe.

»Wir dürfen es nicht dazu kommen lassen, dass eines Tages der Remigration der Ausländer die Schuld an Not und Elend gegeben wird. Der ORF wird jetzt zwar von Heimattreuen geleitet, ist aber doch noch von roten Gfriesern durchseucht. Wir haben sie endlich dazu bewegen können, jede Kritik des Remigrationsgesetzes zu unterlassen. Erfüllen wir nun die Forderungen der Arbeitslosen nicht, so werden sie wieder in ihre alte Polemik gegen uns verfallen, die verderblich werden kann, weil wir die Übergangszeit vom Migranten- und Islamistenelend zur Befreiung noch nicht hinter uns haben.«

»Und unser Schilling?« wandte der Finanzminister Professor Knauser höhnisch ein.

»Wir müssen uns an die heimattreuen Freunde im Auslande wenden und ihnen unsere Bedrängnis klar machen. Am besten, Sie fahren gleich nach Rom, Paris und Amsterdam.«

Knauser lachte laut auf. »Völlig nutzlos! Schon von der ersten Bittfahrt vor drei Monaten bin ich doch mit leeren Händen zurück gekommen! Die Leute geben nichts mehr, haben ja sogar ihre festen Versprechungen nicht ganz gehalten. Sie unterschätzen den Einfluss unserer politischen Kontrahenten, die auch in den heimattreu regierten Ländern noch in den Chefetagen der Banken sitzen! Und abgesehen davon, der Begeisterungstaumel für das österreichische Experiment ist vorbei und man steht wieder auf dem kalt-geschäftlichen Standpunkt. Aber in Gottes Namen, bewilligen wir eben die Forderungen der Arbeitslosen! Ich jedenfalls wasche meine Hände in Unschuld.«

Am nächsten Tag wurde der Kabinettsbeschluss verlautbart, und es trat wieder Ruhe ein. Aber am übernächsten Tag fiel der Schilling an der Frankfurter Börse um dreißig Prozent. Und die »Neue Züricher

Zeitung« veröffentlichte einen Artikel, in dem sie ziffernmäßig nachwies, dass Wien langsam aber sicher aufhöre, irgendwelche Bedeutung für den europäischen Handelsverkehr zu haben und der Rivalität von Europas wildem Osten und Südosten unterliege. »Sogar in Orbans ausländerfeindlichem Ungarn ist man ebenso schlau wie in Bratislava oder Bukarest gewesen. Man hat alle leistungswilligen Migranten mit offenen Armen aus Österreich aufgenommen und dadurch die Personalengpässe der eigenen Wirtschaft vermindert. Das bringt die österreichischen Betriebe noch stärker in Bedrängnis. Während nämlich nun der Druck auf die Löhne in den Nachbarstaaten nachlässt, steigen Preise und Löhne im Alpenstaat unvermindert weiter. Kurzum, die Exporte Österreichs laufen trotz des beispiellos niedrigen Standes des Schillings immer schlechter, was zur Spekulation gegen diese Währung führt und in einen Teufelskreis münden könnte, den man noch aus den Zeiten der Griechenlandkrise in schlimmer Erinnerung hat. Anders gesagt: Bundeskanzler Kickler scheint sich mit seinem Remigrationsgesetz überhoben zu haben!«

Und wie zur Bekräftigung der Wahrheit dieses Artikels meldete man am folgenden Tag aus Frankfurt ein Absacken des Schillings auf eine neue Tiefstmarke, während in Rom die UniCredit bekannt gab, dass ihr seit längerem geplanter Ausstieg aus der Bank Austria nun fixiert sei.

(5)

An einem sommerlich warmen Maimorgen kam vom Hauptbahnhof her ein Taxi vor das Sacher gefahren, dem ein eleganter, dunkelhaariger Herr entstieg. Der gerade selbst in der Rezeption sitzende Geschäftsführer musterte mit geübtem Blick zunächst den schweren Lederkoffer und das Handgepäck, danach auch den Fremden, dem ein kleines Knebelbärtchen, wie es gerade wieder in Mode war, einen sehr dynamischen Anstrich verlieh. Franzose! taxierte der Direktor, rechnete rasch im Kopf Francs in Schillinge um und beschloss, dem erstaunlichen Resultat gemäß, den Zimmerpreis zu stellen. Auf die französisch vorgebrachte Frage, ob ein Zimmer frei sei, erwiderte er, ein ironisches Lächeln mühsam unterdrückend:

»Jawohl, Monsieur, ein einzelnes Zimmer gefällig oder ein Appartement mit Bad? Mit Aussicht auf die Kärntnerstraße oder zur Oper hin?«

Dem Gast blieb vor Erstaunen einen Moment lang der Mund offen.

»Ja, wie ist denn das? Früher konnte man doch ohne vorherige Anmeldung nirgends unterkommen!«

»Mein lieber Herr,« seufzte der Direktor jetzt tief und ehrlich, »Sie waren wahrscheinlich anderthalb Jahre oder länger nicht mehr in Wien! Seither hat sich viel verändert!«

Der Fremde war sofort im Bilde, nickte verständnisvoll, forderte ein Appartement auf die Kärntnerstraße hinaus und füllte dann die Anmeldung aus.

»Henry Dufresne, 75018 Paris, Rue d'Orsel 3«

Monsieur Dufresne nahm ein Bad, kleidete sich um und trällerte dabei vergnügt ein Chanson vor sich hin. Danach hätte er sich gern ein Frühstück aufs Zimmer servieren lassen, wurde aber belehrt, dass das derzeit wegen des Personalmangels nicht möglich sei und er sich für alle Mahlzeiten in den Speisesaal zu begeben habe, wo Selbstbedienung angesagt sei. Dufresne fügte sich diesen für ein international bekanntes Haus wie das Sacher äußerst ungewöhnlichen Bedingungen ohne zu murren und verließ dann so gegen zehn Uhr vormittags ersichtlich aufgeräumt das Hotel.

Dieser Franzose mit dem Knebelbärtchen kannte sich in Wien entschieden gut aus, denn er eilte, ohne jemanden zu fragen, sofort zu der nächstgelegenen Straßenbahnhaltestelle am Ring und bestieg dort einen Wagen der Linie 1. Er musste auch die deutsche Sprache vorzüglich beherrschen, denn man sah ihm an, dass er den Gesprächen der anderen Passagiere interessiert lauschte. Als eine ältere Dame über die Teuerung zu jammern begann und arg auf die Regierung schimpfte, mischte sich Herr Dufresne ins Gespräch ein und meinte in tadellosem Deutsch mit wienerischem Akzent besänftigend:

»Wie kann man nur so was sagen, gnädige Frau, wir müssen doch alle froh und glücklich sein, dass wir die Ausländer losgeworden sind.«

Aber die Dame begehrte jetzt erst recht auf.

»Mir ham' die Migranten nie was tan! Wegen meiner hätten s' in Österreich bleiben können. So gute Versorgung haben unsere pflegebedürftigen Senioren immer gehabt. Und jetzt sollen wir Alten selbst den Karren aus dem Dreck ziehen. 'Omas pflegen Omas' heißt der neue Slogan. Dass ich net lach. Ich hab schon genug gepflegt in meinem Leben.«

Die anderen Passagiere nickten zustimmend und ein Mann mit weinselig funkelnder Nase meinte bestätigend: »Ja, das derf man schon sagen, es hat viele sehr gute Leut' unter die Ausländer 'geben!«

Die Frage des französischen Touristen, warum man denn nicht die vielen Arbeitslosen zu Pflegekräften umschule, brachte nun wieder die alte Dame auf die Palme: »Unsere Jungen und pflegen? Des kost mi schon wieder nur an Lacher. Speziell unsere jungen Männer. Da lach ich gleich zweimal. Stellen's ihnen jetzt kurz einmal einen jungen Mann vor, wie er mir das Popschi putzt.«

Der interessierte Gesichtsausdruck des Franzosen wich bei diesen Worten einem etwas verlegenen Lächeln und er schien erleichtert zu sein, dass die Straßenbahn gerade das Jonasreindl erreichte. Denn hier stieg er nun aus, um zu Fuß der Peripherie zuzustreben. Er schlenderte zunächst die Währinger Straße entlang und bog dann in die Nußdorfer Straße ein, wobei er mitunter vor der einen oder anderen Auslage stehen blieb und kopfschüttelnd die Preise der ausgestellten Waren zur Kenntnis nahm. Danach überquerte er den Gürtel und folgte schließlich der Billrothstraße, die im weiteren Verlauf zu den rebenreichen Vororten Sievering und Grinzing führt.

Ein Zettel am Haustor eines gut erhaltenen Gründerzeithauses in der Billrothstraße fesselte seine Aufmerksamkeit.

»Kleine, elegant möblierte Wohnung mit Atelier sofort zu vermieten. Auskunft bei Top 1.«

Kurz entschlossen klingelte Herr Dufresne bei Top 1, worauf eine Dame öffnete, mit ihm im Lift in den fünften Stock fuhr und ihm dort die angepriesene Wohnung zeigte. Sie bestand aus einem Schlaf- und einem Wohnzimmer, an das sich ein atelierartiger, großer Raum mit Glasdach schloss. Natürlich war auch ein Badezimmer vorhanden.

»Wie kommt es, dass die Wohnung leer steht?«

»Ach, du meine Güte,« rief die Dame, »in Wien stehen jetzt an die hunderttausend Wohnungen leer! Diese da hat ein Architekt mit der falschen Staatsbürgerschaft und einer prinzipiellen Abneigung gegen das Singen unserer Bundeshymne gehabt, der mit den anderen Migranten fort gezogen ist. Der Hausbesitzer hat ihm die Möbel abgekauft, konnte aber bis heute keinen Mieter finden, weil keine Küche dabei ist.«

Nach weiteren fünf Minuten hielt die Dame ein dickes Päckchen Tausender als Angabe in der Hand, und Herr Dufresne war Mieter der Wohnung. Als er jetzt mit beschleunigten Schritten in Richtung Grinzing ging, murmelte er vergnügt vor sich hin: »Der Anfang ist gut, besser hätte ich es mit der Wohnung gar nicht treffen können.« Je näher er aber Grinzing kam, desto erregter wurde er. Nun hatte er die Cobenzlgasse erreicht und seine Schritte wurden langsam, fast schleppend, wie die eines Mannes, der einem schweren Augenblick entgegengeht. Vor dem Hause des Hofrates Spineder blieb er tiefatmend stehen und zog sich seinen grauen Kalabreserhut so weit in die Stirne, dass man nur mehr seinen Knebelbart und das Kinn sah. Unschlüssig ging er auf und ab, mitunter nervös auf die Zeitanzeige seines Smartphones sehend, die auf halb zwölf wies. Gerade als er wieder vor dem grünen Tor stand, ging dieses auf und jemand verließ das Haus. Eben in diesem Augenblick, als das Tor offen stand, sah Herr Dufresne, wie von der links im Hofe gelegenen Wohnungstür eine junge Frau mit blonden Haaren den Hof nach hinten durchschritt und den Garten aufwärts ging.

»Ja!« triumphierte der Mann mit dem Knebelbärtchen, denn sein Kriegsplan war fertig. Rechts vom Spinederschen Grundstück, von ihm durch einen Holzzaun getrennt, lag ein langer, leerer Bauplatz, trauriges Zwischenresultat einer derzeit in Warteposition verharrenden Immobilienspekulation. Der Länge nach zog sich diese Gstätten bis hoch hinauf zum Lusthäuschen auf der höchsten Stelle des Spinedergartens. Auf der anderen Längsseite war der Bauplatz ebenfalls durch einen Holzzaun von einer Nebengasse der Cobenzlgasse getrennt, aber dieser Zaun war verwahrlost und wies mehrfach Unterbrechungen auf. Durch eines jener Löcher kroch nun der Franzose, eilte die Gstätten mit langen Sätzen aufwärts, wobei er links von sich die blonde Frau gehen sah und sie bald hinter sich ließ. Nun war Herr Dufresne ganz oben, mit einem Ruck schwang er sich über den Zaun in den Garten des Hofrates Spineder und versteckte sich hinter einem mächtigen Lindenbaum, der mitten im Weingarten stand. Einige Minuten später war die Frau beim Baum angelangt, aber sie konnte den Mann hinter dem Baum nicht sehen. Bis plötzlich Unerwartetes geschah. Herr Dufresne rief halblaut: »Lisa!« Und als Lisa Spineder erschreckt und verwirrt stehen blieb und sich umsah, rief er wieder: »Lisa! Ich bin es, um Himmelswillen erschrick nicht!«

Im nächsten Augenblick hielt der Herr mit dem Knebelbärtchen Lisa, die schneeweiß geworden war, in seinem Arm. Und immer wieder presste er seinen Mund auf ihre kalten Lippen, bis sich ihre Wangen färbten und sie ihn fest umklammerte, als wollte man ihn ihr gleich wieder entreißen.

Dann saßen sie im Lusthäuschen und Boris erzählte in fliegenden Worten:

»Ja, Lisa, ich bin es, und dir zuliebe hab ich mir diesen schiachen Bart wachsen lassen. Ich habe es einfach vor Sehnsucht nach dir nicht mehr ausgehalten. Und als mir dein Papa geschrieben hat, dass er ernstlich um deine Gesundheit besorgt sei und es für richtiger halte, wenn wir unsere Kontakte, die in dir alle Wunden immer wieder aufreißen, einstellen würden, war mein Plan gefasst. Ich besprach mich mit meinem lieben Freund Henry Dufresne, der für mich ins Feuer gehen würde, ließ mir den Knebelbart, wie er ihn hat, wachsen und bekam von ihm sämtliche Papiere, also Taufschein, Staatsbürgerschaftsnachweis und Pass. Wir sahen einander durch den Bart so ähnlich, dass er es riskieren konnte, sich seinen Pass mit meiner Photographie zu besorgen. Und meine Unterschrift hat er nachgemacht und nicht ich seine. Er hat allen Freunden und Bekannten erzählt, dass er nach Wien fährt, in Wirklichkeit ist er aber auf das Gut seines Onkels in Südfrankreich gegangen, wo er jetzt ein Jahr bleibt. Und genau so lange, wie er dort ist, kann ich hier in Wien als Henry Dufresne leben.«

Lisa schluchzte und lachte in einem Atem.

»Boris, ich bin ja so glücklich! Aber ich habe auch solche Angst um dich! Du weißt, es stehen schwere Strafen auf die verbotene Rückkehr – was, wenn sie dich erwischen?!«

»Ganz ausgeschlossen Schätzchen! Durch den Bart bin ich ja völlig unkenntlich, besonders, wenn ich eine Brille trage. Und selbst wenn jemand käme und behaupten würde, dass ich Boris Petrov bin – ich würde einfach leugnen und niemand könnte mich überführen, denn mein Pass ist echt, die Unterschrift ist echt, und wenn man über Interpol bei der Polizei in Paris anfragen sollte, so würde man die Auskunft bekommen, dass Henry Dufresne mit Reisepass nach Wien abgereist ist.«

»Und meine Eltern?« fragte Lisa nach etlichen weiteren Küssen, die ihr trotz des Barts wohl taten.

»Die dürfen natürlich kein Sterbenswörtel erfahren, Lisa«, meinte Boris ernst. »Nicht, dass sie mich anzeigen würden! Aber dein Papa ist noch immer zu sehr Beamter, um mir ein solches Spielchen nicht übel zu nehmen, und außerdem würde er mich wahrscheinlich beschwören, wieder fortzufahren. So aber werden wir uns täglich sehen, nicht wahr, Lisa?« Nun erzählte er ihr von der behaglichen Wohnung, die er eben gemietet hatte und schwärmte ihr vor, wie schön es sein werde, dort täglich ein paar Stunden, so lange Lisa sich eben würde freimachen können, zusammen zu verbringen.

Weil sie von ihren Eltern im Haus erwartet wurde, musste Boris bald wieder verschwinden. Bevor sie aber Abschied nahmen, bewölkte sich Lisas Stirn aufs Neue.

»Boris, du hast deine Karriere in Paris aufgegeben! Was willst du hier in Wien tun, wie willst Du bei dieser schrecklichen Teuerung deinen Unterhalt bestreiten?«

Boris lachte so vergnügt und laut, dass ihm Lisa erschreckt die Finger auf den Mund legte, was er als eine Aufforderung nahm, ihre Finger zu küssen. Er tat es reichlich und sagte dann:

»Mein Liebes, was ich hier tun werde? Arbeiten, und zwar fleißig, und viel Geld sparen, weil hier für mich in Wien trotz eurer Inflation, in Francs umgerechnet, alles ziemlich billig ist. Du musst nämlich wissen, dass mir die größte Pariser Verlagsfirma den Auftrag gegeben hat, eine neue Gesamtausgabe der Werke von Michel Houellebecq zu illustrieren. Glänzende Bedingungen, sage ich dir. Ein schöner Batzen Geld, von dem ich die Hälfte bei Abschluss des Vertrages bekommen habe. Die andere Hälfte erhalte ich, wenn ich die zweihundert Zeichnungen abliefere, und das muss in einem Jahr sein. Also, du siehst wieder einmal: Wir Migranten sind schlau und wissen, wo unser Vorteil bleibt!«

Boris kroch über den Zaun zurück und Herr Dufresne erledigte noch am selben Tag seinen Umzug vom Sacher in die Billrothstraße. Hofrat Spineder und seine Gattin stellten aber mit Befriedigung fest, dass ihre Tochter zum ersten Mal seit Jahr und Tag guter Laune war und heiter vor sich hin sang.

»Du wirst sehen,« sagte der Hofrat zu seiner Gattin, »Lisa schlägt sich nach und nach die ganze traurige Geschichte aus dem Kopf! Der arme Bursch tut mir ja leid, aber es ist besser so. Übrigens hat er mir ja auch ganz vernünftig geschrieben und versprochen, den Kontakt mit Lisa aufzugeben.«

Die Frau Hofrätin schüttelte verwundert den Kopf und dachte: Wie doch die Mädls von heute ganz anders sind! Ich hätte an Lisas Stelle nicht so schnell aufgegeben!

(6)

Die nun folgenden Ereignisse wird nur verstehen, wer sich vor Augen hält, dass auch scheinbar in Stein gemeißeltes Recht wie ein Kartenhaus einstürzen kann, wenn sich erst einmal die ihm zugrunde liegenden politischen Verhältnisse gewandelt haben. Im vorliegenden Fall geht es dabei um den schon während des ersten Weltkriegs etablierten Mieterschutz. Er umfasste einerseits einen strengen Kündigungsschutz und andererseits eine Fixierung der Miete in der Höhe des indexgesicherten Einzugszinses. Im Gefolge des lange Zeit weit über der Inflation liegenden Anstiegs der Mieten bei Neuverträgen hatte diese Regelung zu einer sehr großen Kluft zwischen hohen Neumieten und weit niedrigeren Altmieten geführt. Sie war zwar allgemein beklagt, letztlich aber akzeptiert worden, standen doch die häufig über alte Mietverträge verfügenden Senioren unter besonderer Patronanz der auf ihre Wählerstimmen angewiesenen Sozialdemokratie. Da dieser Schutzwall für die Senioren nun wegen des drastischen Mandatsverlusts der SPÖ zusammengebrochen war, witterten die Vermieter Morgenluft. Denn die bei der Neuvergabe von Wohnungen erzielbaren Mieten lagen trotz der jüngsten Angebotsschwemme noch immer deutlich über den Einnahmen aus den älteren Mietverträgen.

Der leichte Windhauch, der den nun zum Kartenhaus gewordenen Mieterschutz zusammenbrechen ließ, war ein simpler Leserbrief. Er erschien in der als inoffizielles Zentralorgan der ÖVP fungierenden 'Presse' und kam vom Besitzer eines Hauses in der Billrothstraße. »Das Mieterschutzgesetz«, hieß es in dieser Zuschrift, »hatte Zweck und Sinn, als Wohnungsnot herrschte und die Bevölkerung davor geschützt werden musste, wegen der Habgier einzelner Hausbesitzer obdachlos zu werden. Heute gibt es keinen Mangel an Wohnungen mehr; dank dem segensreichen Remigrationsgesetz sind wieder normale Verhältnisse eingetreten, es ist der notwendige Überschuss an Wohnungen vorhanden, und so erübrigt sich dieses Mieterschutzgesetz, das nur mehr einen brutalen Eingriff in die Rechte der Hausbesitzer bildet, ja sogar einen Verfassungsbruch. Sicher werden nach Aufhebung des Gesetzes Steigerungen der Mietzinse bei Altverträgen eintreten, was nur gerechtfertigt wäre und schließlich der Allgemeinheit zugutekäme, denn von den höheren Mietzinsen sind höhere Steuern zu zahlen und mit höheren Mietpreisen steigt der Wert der Häuser. Ein zufällig in meinem Hause wohnender international erfolgreicher Künstler berichtete mir, dass man sich in der gesamten EU über unser Mieterschutzgesetz lustig mache. Also fort mit diesem

Gesetz! Das allseits bekannte soziale Verantwortungsbewusstsein der österreichischen Hausbesitzer und das Spiel von Angebot und Nachfrage werden automatisch einen allzu starken Anstieg der Mietpreise verhindern.«

Die Zuschrift erschien an auffallender Stelle in der 'Presse' mit einem redaktionellen Zusatz, in dem die Ansicht des Briefschreibers sehr vorsichtig gebilligt, aber zugleich auch sanft infrage gestellt wurde. Denn man wollte weder die Hausbesitzer noch die Mieter vor den Kopf stoßen.

Von da an begann ein lebhafter öffentlicher Gedankenaustausch, es hagelte Zuschriften und immer stürmischer wurde der Ruf der Hausbesitzer nach Aufhebung des Mieterschutzgesetzes. Herr Wuchert, der Leserbriefschreiber, war plötzlich eine gewichtige Persönlichkeit geworden, der Österreichische Haus- und Grundbesitzerbund wählte ihn zum Vorstand und täglich kam er zu seinem französischen Mieter, Herrn Dufresne, um sich bei ihm Rat zu holen. Herr Petrov, alias Dufresne, aber hetzte munter weiter und sagte eines Tages mit gespielter Empörung:

»Wenn sich die Hausbesitzer diese Bevormundung noch weiter gefallen lassen, halte ich sie alle zusammen für alberne Waschlappen und ich werde eine Stadt verlassen, in der solche Zustände möglich sind.«

»Ja, was sollen wir tun,« meinte Herr Wuchert kleinmütig, »wenn die Regierung unseren Wünschen absolut nicht entsprechen will?«

»Was Sie tun sollen? Ich werde es Ihnen sagen! Nehmen Sie sich ein Beispiel an der französischen Streikkultur und trommeln Sie Ihren müden Verein zusammen, um der Regierung ein dreitägiges Ultimatum zu stellen. Unternimmt sie bis dahin keine ernsthaften Schritte zur Abschaffung des Mieterschutzes, wird von den Hausbesitzern gestreikt! Sie führen keine Steuern ab, unterlassen die Instandhaltung und Reinigung der Häuser, verweigern die Bezahlung der Hypothekarzinsen, kurzum, Sie sabotieren den Staat!«

Herr Wuchert war begeistert, umarmte den Franzosen und versicherte ihm, dass er selbst keinesfalls von allfälligen Zinssteigerungen im Gefolge der Abschaffung des Mieterschutzes betroffen sein werde.

Alles Weitere geschah ganz nach dem Programm des Herrn Dufresne. Der Österreichische Haus- und Grundbesitzerbund beschloss einstimmig das Ultimatum und die Regierung fiel um. Vergebens versicherte Kanzler Kickler, dass die Aufhebung des Mieterschutzes die unheilvollsten Folgen haben werde, er wurde von seinen Ministerkollegen überstimmt. Wie der 'Standard' boshaft behauptete, in erster Linie deshalb, weil der Finanzminister, der Unterrichtsminister und der Wirtschaftsminister mehrfache Hausbesitzer waren.

Das Mieterschutzgesetz, das den Hausbesitzern sowohl die Kündigung der Mieter als auch die willkürliche Erhöhung der Mietpreise untersagte, fiel also, und vierundzwanzig Stunden später fand im Haus- und Grundbesitzerbund eine stürmische Generalversammlung statt, in der man beschloss, die Mietpreise der Altmietverträge zusätzlich zur Inflationsanpassung um 20% zu erhöhen. Eine Art Rütlischwur verpflichtete zur unbedingten Einhaltung dieses Beschlusses.

Die Bevölkerung, die ja nur zum geringsten Teile aus Hausbesitzern besteht, geriet in Rage. Arbeiterkammer, ÖGB, SPÖ in ungewohntem Bunde mit der KPÖ-Plus und anderen noch kleineren Linksparteien, Diakonie, ja sogar die Caritas, riefen gemeinsam zu Massendemonstrationen auf, und durch volle acht Tage wurde in Wien und in den Landeshauptstädten nicht gearbeitet, sondern vom Morgen bis in die Nacht demonstriert. Die Zahl eingeschlagener Fensterscheiben und zerkratzter SUVs wuchs erschreckend, und zum ersten Mal seit dem letzten Regierungswechsel hörte man auf der Straße den Ruf:

»Nieder mit der Regierung!«

Die ihr nahestehenden oder mit ihr sympathisierenden Blätter verloren massenhaft Leser, während der Social Media Auftritt der Sozialdemokraten erstmals aufzublühen begann.

(7)

Herr Zwick war schlechter Laune und stocherte wütend in dem auf seinem Teller liegenden Kirschstrudel herum. Frau Zwick sah Sturm kommen und beugte vor.

»Karli, was is dir denn wieder über die Leber gelaufen? Geht das Gschäft nicht?«

Das war für Herrn Zwick zu viel. Er schob den Kirschstrudel fort, wurde röter im Gesicht als die Kirschen im Strudel und brüllte:

»Oh ja, das G'schäft geht! Zum Teufel nämlich! Damit du's nur weißt, Konkurs müssen wir anmelden!«

»Ohmeingott!« kreischte Frau Zwick auf. »Wie ist denn das möglich?! Das Gschäft ist doch immer voller Leut und alle glauben, dass du da in der Ottakringer Straße eine Goldgruben von diesem Serben übernommen hast!«

»Ja,« höhnte Zwick, « eine Goldgruben voll mit Dreck! Je mehr die Leut kaufen, desto mehr verlier' ich! Und was ist schuld daran? Der verfluchte Schilling! Schillinge, schäbige Schillinge krieg' ich herein und die Valuten, mit denen ich die Geräte in Asien kauf, die fliegen hinaus. Jeden Abend kommen die drei arbeitslosen Bauingenieure, was ich zuletzt als Regalbetreuer eingestellt hab, zu mir, strahlen über ihre ganzen depperten Ingenieursgsichter und sagen: »Herr Zwick, die Ware fliegt einem nur so aus der Hand!«

»Schön, denk' ich mir, setz mich an meinen PC und mach das Buchhaltungsprogramm auf. Und beim Nachrechnen seh ich, dass wir, weil der blöde Schilling wieder so stark gefallen ist, mit jedem verkauften Gerät Geld verlieren. Und so geht das seit Monaten jeden

Tag. Ich schlag' eh' bei jeder War' schon hundert Prozent auf, aber der Schilling fällt rascher, als ich aufschlagen kann. Verluste, nix als Verluste, und die Erste Bank, die mir das Kapital zur Übernahme gegeben hat, fordert Rückzahlung. Ich kann nicht zahlen, weil ich ein riesiges Defizit habe. Im Gegenteil, ich brauchert wieder hundert Millionen, weil ich sonst nix einkaufen kann!«

Herr Zwick hatte sich Luft gemacht und war besänftigt. Er zog den Kirschstrudel an sich heran und schaute jetzt nur mehr traurig drein:

»Wenn ich früher in meinem kleinen Gschäft in der Stumpergassen ausländische Ware kauft hab, bin ich zu meinem Berater in der Erste Bank gangen, und der hat gsagt: "Herr Zwick," hat er gsagt, "Sie müssen sich jetzt mit Rupien eindecken, weil die Rupie steigen wird." Oder: "Der Yen wird fester kommen", hat er gsagt, "kaufen Sie Yen". Und immer ist es richtig so gewesen und ich hab' nicht nur an der Ware verdient, sondern auch noch an die Valuta! Aber mein Berater war blöderweise ein halberter Chines, der dann hat gehen müssen. Die Affen, die jetzt in der Bank beieinandersitzen, kennen sich selber net aus und ich kenn' mich auch net aus und alles geht kaputt, sag' ich dir!«

Herr Zwick gehörte zu jenen kleinen Einzelhändlern, die vom Remigrationsgesetz profitiert hatten. Mit Hilfe der Erste Bank hatte er die große, ehemals serbische Elektrohandlung in der Ottakringer Straße an sich bringen können, und das erste Halbjahr war alles eitel Wonne gewesen. Wenn Herr Zwick in seinem neuen Geschäft stand und sah, wie es brummte, kam er sich wie ein kleiner König vor und berauschte sich an den vor den drei Kassen stehenden Menschenschlangen und dem Stimmengewirr. Allabendlich leerte er beim Abendessen sein Weinglas auf das Wohl von Kanzler Kickler, und immer wieder sagte er zu seiner Frau:

»Christa, da sieht man, wie uns die Ausländer ausgesaugt haben! Die haben sich die Filetstückerln vom Einzelhandel untern Nagel g'rissen und uns Österreichern den Rest übrig lassen. Gut, dass das jetzt aufgehört hat!«

Aber schon die erste Halbjahresbilanz brachte Herrn Zwick eine arge Enttäuschung. Trotz der enormen Umsätze und des gefüllten Geschäfts war von Gewinn keine Rede, und immer wieder hatte er sich beim Einkauf im Ausland so oder so verspekuliert. Mehr als einmal hatte Herr Zwick in sich hineingeseufzt: »Wenn ich doch nur den kleinen Herrn Wang von der Erste Bank noch hätt', der mich so gut beraten hat!«

Herr Zwick musste tatsächlich Konkurs anmelden, das Geschäft wurde geschlossen und das Gebäude von einem Immobilienspekulanten gekauft, der fest damit rechnete, dass das Land irgendwann auch wieder bessere Zeiten sehen werde ...

Im Moment war es aber noch lange nicht so weit. Noch lagen österreichweit Handel, Tourismus und Gesundheitssystem wegen des Personalmangels am Boden, während zugleich in den anderen Branchen die Arbeitslosigkeit immer stärker um sich griff und das Exportvolumen immer schneller sank. Und noch verlor auch das Getriebe der einst so lebendigen Bundeshauptstadt immer mehr an Schwung. Zwar machte es sich sehr angenehm bemerkbar, dass neben der Wohnungsnot auch das Elend der Verkehrsstaus und der Parkplatzsuche zu Ende war, weil Zehntausende von Immigranten aus Südosteuropa und der Türkei bei der Ausreise ihre Automobile mitgenommen hatten. Auch der Umstand, dass nun an den Wiener Schulen wieder ein rein deutschsprachiger Unterricht möglich war, wurde mit großer Erleichterung registriert. Wenn bloß nicht so erschreckend wenig Kinder übrig geblieben wären. In manchen Bezirken waren die Schulen richtiggehend entvölkert, sodass viele Vertragslehrer gekündigt werden mussten. Schon hoben die Demografen und Pensionsforscher warnend die Finger, wegen der sich hier anbahnenden Gefahr für das heimische Pensionssystem. Zu allem Überfluss schließlich war mit den Migranten nicht nur ihre Leistung bei der Aufrechterhaltung der materiellen Daseinsvorsorge und der Sicherung der Pensionen verloren gegangen. Denn nun fehlte auch ihr Beitrag zur Lebendigkeit und zum multikulturellen Flair dieser Stadt. Bei den Wienern griffen deshalb unaufhaltsam Missmut und die dunkle Ahnung um sich, dass man auf einer abschüssigen Bahn saß, auf der es nun immer schneller nach unten ging.

(8)

An einem herrlichen Junitag fuhr Boris als Franzose Dufresne mit der U6 und der U4 zum Stadtpark, um wieder einmal auf Tuchfühlung mit dem Zentrum von Wien zu gehen. Sonst verließ er untertags sein Atelier nur für ausgedehnte Spaziergänge mit Lisa im Wienerwald, während er seine übrigen Außenaktivitäten aus Gründen der Diskretion weitgehend auf die Nachtstunden und einige wenige Außenbezirke der Stadt beschränkte. Als er nun zwischen den spärlich besetzten Tischen des auf Selbstbedienungsbetrieb umgestellten Kursalons spazierte, war er so belustigt, dass er laut auflachte.

»Um Himmels willen, was ist aus meinem Wien geworden!«

Einerseits gab es hier wegen des fast vollständigen Zusammenbruchs der Tourismus-Infrastruktur kaum noch Fremde. Andererseits hatte sich das Aussehen des einheimischen Publikums gründlich gewandelt. Wie? Zuerst fehlten dem in modischen Details nicht so bewanderten Boris die Worte dafür, dann fand er eine allgemeine Formel, die beschrieb, was er hier sah: Aus Großstadt war tiefste Provinz geworden. Selbst einer wie er, der nun wahrlich nicht sehr großen Wert auf Eleganz legte, fiel hier irgendwie aus dem Rahmen. Es hielt ihn daher nicht länger an diesem Ort und er eilte weiter zum Ring.

Aber auch da fand er ein trostloses Bild vor: Alles irgendwie tot. Und als er dann, um wieder etwas Leben zu spüren, über den Burgring und die Babenbergerstraße in die an sie anschließende wichtigste Einkaufsstraße Wiens, die Mariahilfer Straße ging, war der Schock noch größer: Fast jedes zweite Geschäft stand hier leer. Die großen internationalen Marken hatten sich offenbar schon völlig aus Wien zurück gezogen, und wegen der fehlenden Massenkaufkraft gab es keine auch nur annähernd akzeptablen Nachfolger. Wo sich neue Nutzungen etabliert hatten, handelt es sich durchwegs um jene Art von Geschäfts- oder Dienstleistungsbetrieben, denen man früher nur auf der äußeren Mariahilfer Straße begegnet war: Tierhandlungen, Tätowierer, Änderungsschneidereien, Massagesalons, usw. Ein einziges Trauerspiel. Am Taxistandplatz vor dem Westbahnhof fand er dann nicht einmal mehr ein Taxi, um auf schnellstem Weg wieder hinaus nach Döbling zu gelangen.

Spät abends, als die Sonne schon langsam unterging, traf er Lisa verabredungsgemäß am Rande des Cobenzlwaldes. Die beiden ließen sich auf einer Bank nieder, und gleich nach der ersten Umarmung erzählte Lisa, dass die Eltern sie gebeten hatten, ihre kleine private Pflegestation in die Familienvilla am Wolfgangsee zu verlegen.

»Ich hab's ihnen nicht abschlagen können, weil ich weiß, wie gut den beiden die Landluft tut - obwohl es für mich schlimm ist, weil wir uns jetzt lang nicht sehen werden.«

»Davon kann doch keine Rede sein, mein Schatz. Ich werde eben auch ausspannen. Wenn du in St. Gilgen bist, wohne ich in St. Wolfgang. Du kannst dann jeden Tag zu mir herüberkommen und wir werden wenigstens eine Stunde beisammen sein.«

»Wow,« meinte Lisa mit plötzlich aufgehellter Miene, »das hört sich richtig gut an! Aber jetzt muss ich dir auch sagen, dass ich gestern eine Auseinandersetzung mit Papa hatte. Stell dir vor, plötzlich fragt er mich aus heiterem Himmel: "Lisa, du bist in der letzten Zeit oft stundenlang weg. Was machst du da eigentlich?" Ich merk sofort, dass ich vor Schreck rot werde und denke, das Beste ist, ich beichte ihm -«

»Was,« unterbrach sie Boris entsetzt, »du hast deinem Vater erzählt…?«

»Ausreden lassen!«, lachte Lisa und zwickte ihn ins Ohr. »Ich hab ihm also gebeichtet, aber natürlich nur das, was mir passt. Ich hab ihm gesagt, dass ich bei meiner Freundin Gudrun einen sehr netten Franzosen kennen gelernt hab, mit dem ich jetzt öfter spazieren gehe. Dann hab ich ihm erzählt, dass er Henry Dufresne heißt und hier in Wien Geschäfte macht.

Der Papa hat mich gleich gefragt, warum ich den Franzosen nicht zu uns einlade. Da hab ich geantwortet, dass ich der Sache noch keinen so offiziellen Anstrich geben will, und dass ich ihnen Henry vorstellen werd, wenn die Zeit dafür reif ist.

Papa war darauf sehr lieb und nett und Mama auch, und später hab ich gehört, wie er der Mama sagt: "Ich hätte nicht gedacht, dass die Lisa den armen Boris so rasch vergessen würde. Aber ich bin froh, dass sie sich was Neues gefunden hat, weil ich ohnehin ein schlechtes Gewissen dafür hab, dass wir sie hier festnageln."

Und die Mama, die dich doch so gerne hat, hat den Kopf geschüttelt und gesagt: "Ich versteh' das Mädel gar nicht! Sie hat wirklich schon wieder rote Wangen bekommen und trällert den ganzen Tag, als hätt sie nie Liebeskummer gehabt."

Weißt du, Boris, es ist sicher nicht schön von uns, dass wir meine Eltern so an der Nase herumführen, aber ich bin halt einfach glücklich, dass du hier bei mir bist!«

Boris zog Lisa an sich, küsste sie gründlich ab und sagte dann mit gewichtiger Miene:

»Jetzt geh ich mit dir in die Provinz, und im Herbst dann wird dieses ganze Land so arg an der Nase herumgeführt werden, wie man es noch nie an der Nase herumgeführt hat, das sage ich dir! Mehr kann ich heute noch nicht verraten, aber du wirst deine Wunder erleben!«

(9)

Da der gesamte Mittelmeerraum im Gefolge des Klimawandels allmählich zu einer unkalkulierbaren Gefahrenzone geworden war, hatten ausländische Touristen in den letzten Sommern vor dem Beschluss des Remigrationsgesetzes die schönsten Plätze und Orte Österreichs geradezu überschwemmt. Der sich schon am Beginn des Jahrtausends in Hallstatt zeigende Overtourismus hatte danach allmählich das ganze herrliche Salzkammergut, die Kärntner Seen, das Gebiet der Hochalpen und schließlich sogar den vor den Toren Wiens liegenden Semmering sowie die übrigen davor vom Fremdenverkehr kaum gestreiften Regionen Niederösterreichs erreicht.

Wenn die anfangs von so vielen Hoffnungen begleitete Ausweisung aller Migranten den Österreichern auch viel Ungemach und arge Enttäuschungen beschert hatte, so war mit ihrer Hilfe nun doch zumindest das Problem des Overtourismus auf wirklich nachhaltige Weise gelöst. Denn seit der vom Personalmangel erzwungenen Schließung der meisten Tourismusbetriebe gab es in weiten Teilen Österreichs praktisch nur noch private Zimmervermieter, weshalb die internationalen Reiseveranstalter, die nur mit richtigen Hotelbetrieben kooperierten, das Land jetzt mieden. Dieses gehörte daher wieder fast zur Gänze den einheimischen Sommergästen.

Fast zur Gänze, heißt 'nicht ganz'. Denn eine kleine Gruppe von Auslandstouristen hielt Österreich auch unter den neuen Bedingungen die Treue. Es handelte sich dabei um jene reichen Araber aus der Region der Golfstaaten, die das Land immer schon wegen seiner unwahrscheinlich grünen Wiesen und des weltbekannten Salzburger

Schnürlregens ins Herz geschlossen hatten. Sie waren seit vielen Jahren mit ihrer Gefolgschaft angereist und brachten nun eben auch noch jenes zusätzliche Personal mit, das in den heimischen Nobelherbergen fehlte. Auch sie genossen es, die herrliche Landschaft nicht mehr mit Mittelstandstouristen aus aller Herren Länder teilen zu müssen und ließen sich nun in den schwerpunktmäßig in Salzburg und Kärnten gelegenen Orten ihrer Wahl richtiggehend nieder. Dort entstanden so inmitten der christlichen alpenländischen Kultur jene islamischen Parallelgesellschaften, die man kurz davor mit Hilfe des Remigrationsgesetzes in den Großstädten ausgemerzt hatte. Hier rief jetzt mindestens dreimal täglich der Muezzin zum Gebet und Frauen mussten auf den Straßen einen Schleier anlegen. Wegen der vollständigen ökonomischen Abhängigkeit der betreffenden Gemeinden von den arabischen Touristen hatten sich auch alle Österreicherinnen der neuen Kleiderordnung zu unterwerfen.

Abgesehen von diesen neuen Inseln des Islams war aber nun in den beliebten Urlaubszentren des Landes wieder der aus den heimischen Städten kommende Gast König. Man hofierte ihn, und die privaten Vermieter boten ihm ihre Wohnungen und Zimmer zu sehr günstigen Preisen an. Das alles kam bei jenen Städtern, die sich noch einen Urlaub leisten konnten, gut an, nicht jedoch bei der Bevölkerung der Fremdenverkehrsorte. Die großen Hotels, die wegen des Fehlens der ausländischen Küchen-, Servier- und Putzkräfte geschlossen waren, hatten ja direkt und indirekt auch vielen Einheimischen Arbeit gegeben. Und die fiel jetzt ebenso weg wie die Einnahmen der betreffenden Gemeinden aus dem Hotelsektor und all den ihm zuarbeitenden Betrieben. Der Bürgermeister von St. Gilgen sprach unzähligen Bürgermeistern anderer Fremdenverkehrsorte aus der Seele, wenn er in einem ORF-Interview klagte: »Mit den Migranten hat man bei uns den

Wohlstand vertrieben, ein paar Jahre noch und wir werden zwar unter uns, aber bettelarm sein!«

(10)

Als der Sommer vorüber war und der Herbst die Blätter färbte, begann wieder in fast schon gewohnter Weise das makabre Wechselspiel von Schilling und Inflation: Er fiel und sie stieg. Die Preise wurden phantastisch, selbst reiche Leute überlegten sich größere Anschaffungen zwei Mal, und sämtliche Organisationen der Arbeitnehmer, Arbeitslosen und Pensionisten forderten mit Vehemenz Inflationsausgleich.

Vor dem Hintergrund solch allgemeiner Unruhe, Nervosität und Verbitterung trat im Oktober der Nationalrat zusammen. Das Gesicht von Kanzler Kickler sah zerklüftet, durchfurcht und vergrämt aus und als er sprach, herrschte nicht dieselbe weihevolle Ruhe wie früher. Vielmehr wurden Rufe und Zwischenbemerkungen laut, sogar die Galerie machte sich durch Oho-Rufe bemerkbar, und die kleine Opposition der Sozialdemokraten ließ sich nicht mehr einschüchtern, sondern griff immer wieder in die Debatte ein.

Kickler gab zuerst einen Überblick über die trostlose finanzielle Lage des Landes und fuhr dann fort:

»Ich muss es rundheraus sagen: Große und schwere Opfer stehen den Österreichern bevor. (Zwischenruf von der Galerie: Natürlich nur den Österreichern, weil wir ja die Migranten rausgeschmissen haben!) Opfer, die mit Mut und Bürgertreue gebracht werden müssen! Die Regierung braucht zur Fortführung der Geschäfte Geld, und da wir vom Ausland keine weiteren Kredite bekommen, müssen wir jene Unsummen, die die Verwaltung, der Zinsendienst, die Sozialausgaben und die Pensionszuschüsse verschlingen, durch neue direkte und indirekte Steuern hereinbringen. (Große Unruhe im ganzen Haus.)

Meine Damen und Herren, ich weiß, dass die Bevölkerung schwer enttäuscht ist und ich bin es mit ihr. Wir alle haben eben die Schwierigkeit der Übergangswirtschaft unterschätzt, wir alle dachten, dass es die Österreicher schneller schaffen würden, die davor von den Ausländern erledigten Arbeiten zu übernehmen. Aber was sind solche Enttäuschungen gegenüber dem ungeheuren Ziel, das wir uns gesteckt haben, dem Ziel, Österreich unseren Leuten wiederzugeben, ein Land aufzurichten, das frei von zugewanderten Sozialschmarotzern, frei von Islamismus, und frei von den zersetzenden Eigenschaften jener fremden Kulturen ist, die die Migranten repräsentierten!«

Zum Schluss stellte der Kanzler mit erhobener Stimme die Vertrauensfrage.

Im Namen der kleinen sozialdemokratischen Fraktion sprach der Parteivorsitzende Stabler gegen die Regierungspläne und das Vertrauensvotum. In krassen Farben schilderte er die zunehmende Verelendung, die Gefahr des unmittelbar bevorstehenden Staatsbankrotts, sowie die Verödung des wirtschaftlichen und geistigen Lebens. Unter anderem sagte er:

»Der Herr Bundeskanzler hat seinerzeit, als er sein Remigrationsgesetz begründete, unsere Bevölkerung bieder und treuherzig genannt und behauptet, dass er ihr unser Land zurückgeben will. Er hat damals leider nicht erwähnt, dass von unserem Land nach der Ausweisung der Ausländer nicht mehr viel übrig bleiben wird. Wo ist denn seither unser hoher Lebensstandard geblieben? Wo unser einst vorbildliches soziales Sicherheitsnetz? Wo unser Tourismus? Wo unsere Exporte? Und was wird aus unseren Pensionen, wenn nicht mehr genug Kinder und Arbeitskräfte bei uns leben? All das ist verschwunden oder vom Verschwinden bedroht, weil man allein von der Biederkeit und Treuherzigkeit nicht leben kann. Kurz gesagt, heute zeigt sich, dass wir die Migranten dringend benötigen, um unser Land – –.«

Stürmische Rufe unterbrachen den sozialdemokratischen Führer. Die Abgeordneten der Schwarzen und Blauen tobten, schrien »Hinaus mit dem gekauften Ausländerknecht« und der Tumult wurde so groß, dass Präsident Rosenstängl die Sitzung unterbrechen musste. Als er sie wieder eröffnete, erteilte er dem Abgeordneten Stabler eine Rüge, weil er durch seine Worte die patriotischen Gefühle der Abgeordneten schwer verletzt und den Versuch gemacht habe, die Grundfesten der Dritten Republik zu erschüttern.

Schließlich wurden alle Regierungsanträge gegen die Stimmen der SPÖ angenommen. Aber viele Abgeordnete hatten sich vor der Abstimmung entfernt und Kickler sagte später seinem Präsidialisten mit grimmigem Lächeln:

»Diesmal sind sie davongelaufen, das nächstemal werden sie gegen mich stimmen, diese Karrieristen und Mitläufer, die gestern "Gelobt sei Jesus Christus" schrien und morgen "Kreuzigt ihn" rufen werden!«

(11)

Schon einige Tage nach dieser Sitzung des Nationalrats kam es zu den ersten einer danach nicht mehr abreißenden Reihe seltsamer, ja mysteriöser Ereignisse. Eines Morgens standen an vielen stark frequentierten Plätzen aller Großstädte des Landes Menschentrauben vor kleinen Plakaten mit folgendem Text:

»Österreicher! Rafft euch auf, bevor Ihr alle zugrunde geht! Mit den Migranten habt Ihr euren Wohlstand, eure Hoffnung und eure Zukunft ausgewiesen! Schande den Verführern, die euch irregeleitet haben!

Der Bund der wahrhaft Heimattreuen.«

Die Menschen lasen einander die aufmüpfigen Worte vor, viele schimpften und behaupteten, dass hier Putins Agenten am Werk gewesen seien, andere entfernten sich wortlos, wieder andere hatten den

Mut, zustimmende Äußerungen zu tun und die Anderssprechenden trotzig anzusehen.

Nach einigen Tagen erschienen an denselben Plätzen neue Plakate mit den Worten:

»Österreich geht unter! Wien verdorft! Mitbürger, Wiener, seht Ihr es denn nicht? In ein paar Jahren wird aus unserem einst wohlhabenden Österreich das Armenhaus Europas und aus unserer einzigen Weltstadt ein schäbiges Nest geworden sein!

Der Bund der wahrhaft Heimattreuen.«

Das ging den Leuten, die zugleich auch in den sozialen Medien mit diesen Parolen konfrontiert wurden, unter die Haut und man wurde unruhig. Wer stand hinter diesem mysteriösen Bund? Und war nicht viel Wahres an seinen Behauptungen? In den Familien, den sozialen Medien, sowie im Bekannten- und Kollegenkreis diskutierte man leidenschaftlich über diese Fragen, wobei die Formulierungen ‚Wien verdorft‘ und ‚Armenhaus Europas‘ bald zu geflügelten Worten wurden. Man bekam sie überall zu hören, ja sogar die Leitartiklerin der 'Presse' schrieb am Schluss eines ihrer Kommentare: »Wir müssen alles tun, um der Verdorfung zu entgehen!«

Der Innenminister wurde vom erbosten Kanzler aufgefordert, die hinter dieser konzertierten Aktion stehenden Drahtzieher und deren Handlanger aufzuspüren. Vergebliche Mühe! Alle paar Tage wurden die sozialen Medien mit neuen Parolen geflutet und erschienen über Nacht neue Plakate an immer neuen Plätzen der Städte. Stets enthielten sie in wenigen Worten eine wirksame Polemik gegen die Regierung, eine subversive Aufwiegelung der Bevölkerung, und die Webseiten der Oppositionsparteien zeigten jedes Mal schon am Vorabend den Inhalt des Pamphlets, das am nächsten Tag angeschlagen werden würde.

In den Großstädten des Landes, vor allem aber in Wien eskalierte die Aufregung, man sprach fast von nichts anderem und zerbrach sich den Kopf darüber, wer hinter diesem geheimnisvollen Bund wohl stecken möge. Die Zahl derer, die dem Inhalt der Aufrufe zustimmten, wuchs von Woche zu Woche, die Versammlungen der Opposition bekamen ungeheuren Zulauf und die von den Meinungsforschern erhobenen Vertrauenswerte des Kanzlers sanken ins Bodenlose.

(12)

Lisa war eines Nachmittags früher zu Boris gekommen, als der mit ihr gerechnet hatte. Da sie einen eigenen Schlüssel zu seiner Wohnung besaß und Boris sie nicht wie sonst im Wohnzimmer erwartete, ging sie direkt in das Atelier. Boris klappte reflexartig seinen Laptop zu und begrüßte sie dann ein wenig verlegen.

Lisa zog ihn beim Knebelbärtchen, sah ihm in die Augen und sagte dann:

»Du Schlingel! Was treibst Du da? Chattest Du mit einer deiner Pariser Beauties?«

Boris lachte herzlich und stieg auf ihren scherzhaften Tonfall ein: »Vor dir kann man auch nichts verbergen!«

Dann aber besann er sich eines Besseren und klappte das Gerät wieder auf. Lisas Knie begannen zu zittern, als sie las:

»Wiener, geht es euch heute besser oder schlechter als zur Zeit der angeblichen Überfremdung Österreichs? Überlegt in Ruhe und Ihr werdet Euch die richtige Antwort geben! Wir alle haben einst geschrien: „Ausländer raus!“ Heute schreien wir: „Herein mit Migranten, die mit uns arbeiten wollen!“

Der Bund der wahrhaft Heimattreuen«

Als sie fertig gelesen hatte, wendete sich Lisa mit drohendem Unterton in der Stimme an Boris: »Ich glaub, jetzt ist eine Erklärung fällig.«

Der wusste sofort, dass es jetzt brenzlig für ihn wurde und versuchte es auf die charmante Tour: Er küsste seine Freundin auf die Nasenspitze und bemühte sich um ein entspannt klingendes Lachen.

»Na, Tschapperl, verstehst du noch immer nicht? Der Bund der wahrhaft Heimattreuen, der das Land seit Wochen verrückt macht, bin ich gemeinsam mit den Kumpels von der Akademie! Der Theo, der Johannes, der Daniel und noch ein paar. Zuletzt sind es immer mehr geworden. In den Oppositionsparteien haben wir auch schon unsere Verbindungsleute.«

»Nur die Kumpels? Oder sind da auch ein paar von unseren Kommilitoninnen dabei?«

»Freilich. Auch die Gudrun und noch einige von Deinen Freundinnen machen mit.«

Im selben Moment, in dem ihm diese Antwort gleichsam automatisch aus dem Mund rutschte, wurde Boris klar, dass er in die Falle gegangen war. Aber da war es schon zu spät.

»Na bestens. Du, Deine Kumpels und meine Freundinnen, ihr macht alle die wichtige politische Arbeit, während ich die Care-Arbeit erledigen darf - bei meinen Eltern die Pflege und bei dir die netteren Spielarten von Care. Das hast Du ja bestens arrangiert. Danke für diese Arbeitsteilung! Danke für Dein Vertrauen in mich! - Uupps, kleines Problemchen: Ich spiel da nicht mehr mit!«

Da war er nun: der erste wirklich ernsthafte Streit dieses Paars. Er endete mit der vollständigen Kapitulation von Boris. Der bekannte seine Schuld ein und versprach Lisa hoch und heilig, sie ab nun, soweit das möglich war, in das Untergrundprojekt 'Ausländer rein!' zu integrieren.

(13)

Eine Stunde später. Die Emotionen hatten sich wieder gelegt, Lisa saß auf dem großen Zeichentisch des Atelies, baumelte mit ihren Beinen und sagte nachdenklich:

»Weißt du, Boris, ich glaub, ihr habt schon sehr viel erreicht. Wenn ich mit der Bim unterwegs bin, höre ich, wie die Leute immer mehr mit Wehmut an die Vergangenheit zurückdenken und von ihr wie von etwas sehr Schönem sprechen. „Damals, wie die Ausländer noch da waren“, das kann man täglich zehnmal in allen Tonarten nur in keiner gehässigen, hören. Weißt du, ich glaub', die Leute bekommen richtig Sehnsucht nach den Ausländern!

Gestern hab ich es auch bei uns zu Haus erlebt. Da war eine größere Gesellschaft in meiner Pflegestation. Zehn Bekannte von Mama und Papa waren da und es wurde fast ununterbrochen von der Remigration und ihren Folgen gesprochen. Dabei waren alle, sogar der Hofrat Dumpf, darin einig, dass es besser gewesen wäre, nur die Migranten auszuweisen, die keine Arbeit haben. Hofrat Dumpf, der vor einem Jahr noch wütend wurde, wenn man mit dem Bundeskanzler nicht ganz einverstanden war, sagte schließlich: „Ja, ja, es scheint, als wenn man da in ein höchst komplexes System allzu brutal eingegriffen hätte! Das Fehlen gewisser nicht zu unterschätzender Leistungen der Migranten macht sich nun sehr unangenehm bemerkbar!“

Dazu ist allerdings zu bemerken, dass der Hofrat ein ganz großer Opernfan und Liebhaber klassischer Musik ist, der bisher auch jedes Jahr die Salzburger Festspiele besucht hat.«

Boris wusste sofort, was das bedeutete. Denn er kannte natürlich die verheerende Wirkung der Remigration auf den heimischen Hochkulturbetrieb: Wegen der Implosion des Tourismus fehlten die Fremden, wegen des Fehlens der Fremden waren die Opernhäuser und Konzertsäle halb leer und wegen der halbleeren Opernhäuser und

Konzertsäle hatten die nur an alpenländischer Volksmusik interessierten Blauen gegen den hinhaltenden Widerstand der kulturbeflissenen Schwarzen eine Reduktion der Kultursubventionen durchgesetzt. Wegen des versiegenden Subventionsstroms aber kamen keine Spitzenorchester und Spitzensolisten mehr nach Österreich, sodass man für das nächste Jahr sogar die großen Festspiele in Salzburg und Bregenz absagen musste.

(14)

Traurigere Weihnachten hatte Wien noch nie erlebt. Der immer schlimmeren Inflation stand der nahezu vollständige Stillstand des urbanen Lebens gegenüber. Die Teuerung allein hätte all die Lieben Augustins nicht anfechten können. Dass das Viertel Wein das Dreifache vom Vorjahr kostete, war schließlich egal, solange sich auch der Lohn entsprechend erhöht hatte. Jetzt war das aber nicht mehr der Fall. So wie in den anderen Großstädten Österreichs herrschte daher auch in Wien vollständige Kaufunlust der Massen, und in ihren Weihnachtsausgaben veröffentlichten die Zeitungen Statistiken, aus denen hervorging, dass seit drei Jahren allein in Wien an die fünftausend Geschäfte, Kaffeehäuser und Restaurants geschlossen hatten. (Und das trotz aller massenhaft von den Politikern bei jedem nur erdenklichen Anlass im Volk verteilten Schnitzelgutscheine. Es gab eben leider niemanden, der die Schnitzel auspanierte und dafür sorgte, dass man sie auf saubere Teller legen konnte.) Neuerdings machte sogar das Gerücht von einem baldigen Zusammenbruch zweier Großbanken die Runde.

Was nutzte es den Wienern unter solchen Umständen, dass sie nun unter sich waren und nicht auf Schritt und Tritt Menschen begegneten, denen Weihnachten nichts bedeutete? Konnte man sich wirklich darüber freuen, dass jetzt der viele Jahre lang heftig beklagte vorweihnachtliche Kaufrausch ausblieb und man zu den Tugenden des einfachen Lebens zurück gefunden hatte? War das wirklich so toll, dass Freundinnen einander die Locken wechselseitig selbst eindrehten, anstatt zur Friseurin zu gehen, wenn das letztlich nur dazu führte, dass auch noch die Friseurläden schlossen? Wie berechtigt war der Hype um die große Jörg-Haider-Gedenklotterie, an der das ganze Land mit Begeisterung mitmachte, um mit den Erlösen auch den Armen einen Christbaum in die Wohnung zu stellen und die ihnen abgedrehte Fernwärme wenigstens über die Feiertage wieder aufzudrehen? Und war es nicht im Grunde entwürdigend, wenn sich die Sozialhilfeempfänger nun bei den Landeshauptleuten um den Erhalt jenes Weihnachtszehntausenders anstellen mussten, der vom Finanzminister als Ersatz für die Streichung ihrer Wohnbeihilfen angepriesen wurde?

Während die Remigration in den Städten auf ökonomischer Ebene fast nur Verlierer erzeugt hatte, war die Lage im ländlichen Raum etwas differenzierter zu beurteilen. Hier konnten nämlich zumindest die Bauern mit der Entwicklung der letzten Jahre leben. Einerseits waren sie gegen ökonomische Krisen jeglicher Art immer schon besser gewappnet gewesen als die Lohnabhängigen, weil sie ja im Notfall auf Natural- und Tauschwirtschaft umsteigen konnten. Andererseits hatten sie ein angesichts des aktuellen Währungsverfalls geradezu unschätzbares Privileg. Denn die EU berechnete seit dem Zusammenbruch der Währungsunion die Höhe ihrer Subventionen in der Verrechnungseinheit ECU, sodass die Bauern für jeden dieser ECU nun immer mehr Schillinge ausbezahlt bekamen. Dies milderte bei ihnen das Leiden unter der Inflation und erzeugte in Verbindung mit der raschen Lösung ihres Erntehelferproblems und der nun auf die bäuerlichen Traditionen fokussierten Kulturpolitik eine Art Grundvertrauen in das neue Regime. Von ihm profitierten vor allem die Blauen, weil nun viele Landwirte vom schwarzen Bauernbund zur Freiheitlichen Bauernschaft Österreichs wechselten.

In Summe gewann dadurch aber die blau-schwarze Koalition am Land keinerlei zusätzliche Sympathie, welche ihren allgemeinen Vertrauensverlust hätte wettmachen können. Die nicht dem Bauernstand angehörende Bevölkerung der kleineren Gemeinden war nämlich eher noch schlechter dran als die Großstädter. Sie war einst, als die Jugend in die Städte zog und der ländliche Raum verödete, den Blauen in die Arme gesunken. Und nun musste sie auslöffeln, was sie sich da eingebrockt hatte. Es war ja nicht nur der Tourismus mit all den ihm zuarbeitenden Betrieben zusammengebrochen. Jetzt setzte auch ein Massensterben bei den vielen kleinen über das Land verstreuten Industriebetrieben ein, die man davor als 'Hidden Champions' gelobt hatte, weil sie auf den Weltmärkten trotz schärfster Konkurrenz erfolgreich gewesen waren. Die zuletzt beinahe schon galoppierende Inflation hatte ihre Lohnkosten derart in die Höhe getrieben, dass sie trotz des unaufhörlich sinkenden Schillingkurses international einfach nicht mehr konkurrenzfähig waren. Und gemeinsam mit ihnen stürzten auch die letzten Nahversorger und Händler in den Abgrund.

So war es wahrhaftig kein Wunder, wenn zu Weihnachten eine Welle der Erbitterung und Unzufriedenheit durch das ganze Land ging und die Silvesternacht nicht mit Jubel und Radau wie sonst, sondern in Verdrossenheit und Mutlosigkeit gefeiert wurde.

Und wenn der Bundeskanzler das Gespräch mitgehört hätte, das in der Weihnachtswoche die Frau Habietnik, Besitzerin eines kleinen Modehauses in Braunau, und der Herr Mauler, Inhaber einer Bäckerei in Mattighofen, miteinander führten, so wäre sein Ingrimm noch größer gewesen, als er es ohnedies war.

Frau Habietnik und Herr Mauler saßen im Regionalzug von Braunau nach Mattighofen und klagten über das elende Weihnachtsgeschäft, das vermutlich auch für sie beide das letzte sein würde. Plötzlich beugte sich Frau Habietnik zu Herrn Mauler und erzählte ihm von einem Traum, den sie in der vergangenen Nacht gehabt hatte.

»Stellen Sie sich vor, ich hab geträumt, dass plötzlich zu mir ins Geschäft eine Kurdin, eine Araberin und eine Ukrainerin gekommen sind. Alle waren hochelegant und haben Banknotenbündel in den Händen gehalten und es ist ein Riesenwirbel entstanden. Ich konnte die Tops und Röcke gar nicht schnell genug vor ihnen ausbreiten, und nichts war ihnen schick genug. Die kesseste von ihnen, eine Kurdin, hat immer geschrien: „Das ist ja gar nichts! Wir kommen aus Aleppo und Kiew, wo man die neueste Mode trägt, zeigen Sie das Beste, was Sie haben." Und da hat mein Mann, der jetzt mit mir im Geschäft steht, weil ja keine Verkäufer zu kriegen sind, plötzlich ein Dirndlgwand und eine Lederhose herein gebracht und hat gesagt: „Aber meine verehrten Damen, das ist doch das Neueste aus Alleppo!" Und da ist ein so furchtbares Gelächter entstanden, dass ich aufgewacht bin! Glauben S' nicht, dass der Traum was zu bedeuten hat?«

Herr Mauler aber meinte grinsend: »Ja, natürlich hat er etwas zu bedeuten, und zwar dass bald die ganze Welt über uns lachen wird und wir in Dirndln und Lederhosen eingewickelt werden, bevor sie uns begraben!«

(15)

Bei den Spineders war nach Lisas Streit mit Boris eine leichte Entspannung der Pflegesituation eingetreten. Denn Lisa bekam jetzt zweimal pro Woche Unterstützung durch einen ihrer alten Kommilitonen, der ihr beim Baden des Vaters half. Zudem wurde sie nun jeden Donnerstagnachmittag durch Gudrun vertreten, damit sie etwas Zeit für sich hatte. Trotz dieser nicht unwesentlichen Erleichterungen war auch bei Familie Spineder, wie bei den meisten anderen Familien die Stimmung am Heiligen Abend äußerst gedrückt. Der Hofrat machte sich große Sorgen über die immer schnellere Entwertung seines Vermögens und seine Frau war entsetzt, dass das Geld, das Lisa für die Besorgungen zum Weihnachtsessen mitgenommen hatte, nur für die Hälfte der Einkaufsliste reichte. Lisa selbst war unruhig, weil sie schon seit zwei Tagen nichts von Boris hörte. Sie hatte doch gehofft, dass er sich zumindest in der WhatsApp-Gruppe 'Pflegestation Lisa', die sie für ihn und die nun an der Pflege beteiligten Kommilitonen eingerichtet hatte, mit einem Weihnachtswunsch @Lisa melden würde.

Gerade als sie beim Essen waren, läutete es an der Tür und Lisa verließ das Wohnzimmer um zu öffnen. Da stand Boris vor ihr, drückte ihr ein kleines Paket in die Hand, küsste und umarmte sie wortlos, um dann sofort wieder zu verschwinden.

Zurück im Wohnzimmer, riss sie das Weihnachtspapier auf und entnahm dem darin eingewickelten Karton ein von Boris für sie angefertigtes Aquarell.

»Ein Weihnachtsgeschenk von Henry«, sagte Lisa, die rot geworden war, zu ihrem Vater, worauf sich der Hofrat eine ihm schon lange auf der Zunge liegende Bemerkung nicht verkneifen konnte: »Lisa, ich weiß ja, dass ich sehr unbescheiden bin. Aber ich würde doch deinen Henry gern einmal persönlich kennen lernen.«

Lachend strich Lisa ihrem Vater übers Haupt.

»Hab noch ein bisserl Geduld Papa! Boris – Henry sagt, dass er sehr bald zu euch kommen wird.«

Ihre Mutter aber schüttelte den Kopf und dachte:

»Seltsame Zeiten, seltsame Jugend! Liebt einen, vergisst ihn und verwechselt dann seinen Namen mit dem des Nachfolgers!«

(16)

Im Jänner inszenierte die Regierung auf dem Wiener Heldenplatz eine riesige Kundgebung, auf der ihre treuesten Anhänger dem gesamten In- und Ausland beweisen sollten, dass das Volk noch immer wie ein Mann hinter seinem Kanzler stand. In hunderten Bussen und dreißig Sonderzügen hatte man zigtausend Menschen aus den Bundesländern in die Hauptstadt gebracht, und auch in Wien selbst wurde mobilisiert, was das Zeug hielt. Nun standen die Massen unter jenem berühmten Balkon, auf dem einst die Erfüllung aller Wünsche der Heimattreuen gemeldet wurde und harrten der Dinge, die da kommen sollten. Lisa war im Auftrag des Untergrundprojekts 'Ausländer rein' auf den Heldenplatz gekommen, um das Spektakel zu beobachten und konstatierte gleich bei ihrer Ankunft eine für diese Jahreszeit und diesen Ort verstörend hohe Dirndl- und Lederhosendichte. Unter immer wieder aufbrandenden »Ös-ter-reich, Ös-ter-reich«-Chören ergriff zuerst Wirtschaftsminister Dr. Dr. Holzkopf von der ÖVP das Mikro. Er vermied es bei seiner Rede sorgfältig, die aktuelle Notlage des Landes mit dem Remigrationsgesetz in Verbindung zu bringen und skizzierte als mögliche Problementschärfung die seit einiger Zeit in den bürgerlichen Medien diskutierte Variante eines engeren politischen Zusammenschlusses mit der kürzlich aus der EU ausgetretenen Orban-Diktatur. Vor allem für die Bauwirtschaft, den Tourismus und das Pflegesystem könnte man dadurch neue Arbeitskraftreservoire öffnen. Das Remigrationsgesetz würde dabei nur dem Buchstaben nach verletzt, denn historisch betrachtet seien ja die Ungarn quasi Landsleute mit derselben Verehrung für die gemeinsame Landesmutter, Kaiserin Sissi. An dieser Stelle seiner Rede vergaß Dr. Dr. Holzkopf nicht, einen besonderen Gruß an den Ururenkel des letzten Kaisers zu richten und zeigte sich beglückt, dass seine Kaiserliche Hoheit dieser großen Versammlung aller Heimattreuen die Ehre seiner persönlichen Anwesenheit erweise.

Nun wurde es vorübergehend sehr laut, da einerseits »Hoch Habsburg«-Rufe ertönten, die schnell zu »Habs-burg, Habs-burg«-Chören anschwollen, während andererseits ein ohrenbetäubendes Pfeifkonzert erscholl. Der Wiener Bürgermeister konnte die Gemüter nur dadurch beruhigen, dass er den jetzt folgenden Höhepunkt der Versammlung ankündigte. Es handelte sich dabei um eine Grußbotschaft des auf wichtiger Auslandsmission weilenden Kanzlers an sein Volk. Die Videoschaltung funktionierte perfekt, denn unmittelbar nach dieser Ankündigung erschien auch schon das zerfurchte Gesicht Kicklers auf der hinter der Tribüne aufgebauten riesigen Videoleinwand.

Kickler saß vor einer rot-weiß-roten Fahne und fing sofort an zu sprechen:

»Liebe Patriotinnen und Patrioten! Ich kann euch --«

Mit einem Mal war die Verbindung unterbrochen. Die Leinwand wurde dunkel, während in den Lautsprechern ein Krachen und Grammeln zu hören war, das kurz darauf in ein unangenehmes Pfeifen überging. Dann hörte man einen Moment lang gar nichts. Plötzlich wieder Licht auf der Leinwand und ein Standbild, auf dem zu lesen war: 'Botschaft des Bunds der wahrhaft Heimattreuen an Österreichs Patrioten'. Und schon wendete sich wieder eine aus allen Lautsprechern schallende Stimme an die Versammlung. Aber es war nicht mehr der Kanzler, der da jetzt mit elektronisch verfremdeter Stimme sprach, sondern Boris.

»Liebe Ausländerfeinde! Ich muss mich ganz kurz fassen, denn gleich wird der Staatsschutz meine Leitung wieder kappen. Also passt gut auf: Ob euch die Ausländer sympathisch sind oder nicht, ist doch gleichgültig. Der Sauerteig, den wir dem Brotmehl beimischen, schmeckt auch nicht besonders gut und doch kann ohne ihn kein Brot gemacht werden. So müsst ihr auch die Ausländer betrachten. Sauerteig ist unentbehrlich für gutes Brot. Und euer Brot wird sitzen bleiben, weil ihm der Sauerteig fehlt!

Wenn ihr nicht mehr wisst, wie dieses Land wieder flott zu bekommen ist, dann führt kein Weg an Neuwahlen vorbei. Macht den Weg frei für Neuwahlen. Lasst das Volk entscheiden, ob es mit den herrschenden Zuständen zufrieden ist oder sie ändern will!«

Dann wurde der Bildschirm wieder dunkel und es krachte, grammelte und pfiff in den Lautsprechern. Die am Heldenplatz versammelte Menschenmasse aber, die in den letzten Minuten völlig verstummt war und gebannt die unerwartete Wendung der Ereignisse verfolgt hatte, brach nun in hysterisches Wutgeheul aus. Jeder einzelne da unten versuchte aufs Podium zu stürmen, als ob man dort dem frechen Sprecher persönlich an die Gurgel gehen könnte. Daraus entwickelte sich ein gigantischer Tumult, der die Veranstalter zwang, die Kundgebung sofort abzubrechen. Es war nur dem äußerst umsichtigen Vorgehen der Wiener Polizei zu verdanken, dass keine Massenpanik mit Verletzten und Toten entstand.

Am nächsten Morgen beschäftigten sich die Spitzenmeldungen sämtlicher Rundfunkmedien, Nachrichtenportale und Tageszeitungen mit nichts anderem als mit den dramatischen Ereignissen am Heldenplatz. Und dieses Beben in der veröffentlichten Meinung pflanzte sich nach allen Richtungen hin fort, sodass es binnen kurzer Zeit auch die Zentralen der politischen Parteien erreichte. Die Löwelstraße etwa trommelte schon am übernächsten Tag die Mitglieder des SPÖ-Parteivorstands zu einer außerordentlichen Sitzung zusammen, bei der man zum ersten Mal seit Jahren wieder beschloss, aktive, energische Politik zu machen und mit dieser Politik aus den geschlossenen Räumen auf die Straße zu gehen. Parteivorsitzender Stabler kam zu folgender Konklusion:

»Wir müssen die seit gestern in den Medien kreisende Neuwahl-Parole aufgreifen und von heute an in all unseren Parteiversammlungen und sämtlichen von uns bespielten Social Media Plattformen trommeln. Auch die Fraktion sozialistischer Gewerkschafter muss in den Betrieben in dieselbe Kerbe schlagen. In Verbindung mit unserer alten Forderung zur Öffnung der Grenzen für alle leistungswilligen Migranten wird dies unsere Begleitmusik zum immer schnelleren Verfall des Schillings und zur immer stärkeren Inflation sein. Wenn diese Entwicklung an der Währungs- und Inflationsfront noch wenige Wochen anhält, wird die Lage reif für uns sein, und wir werden, wenn es sein muss mit Demonstrationen und Streiks, die Auflösung des Parlaments erzwingen.«

Noch vor einem Jahr hätte die Parteirechte, die dem am linken Flügel angesiedelten Stabler in den ersten Jahren seiner Obmannschaft mit größtem Misstrauen gegenübergestanden war, entrüstet gegen diese Worte protestiert. Nun hielt man still und wagte nicht zu widersprechen. Denn die Basis hatte sich radikalisiert und die KPÖ-Plus wilderte vor allem in den Bundesländern schamlos in den Reihen der SPÖ.

(17)

Im Gefolge des Desasters am Heldenplatz ereignete sich noch etwas, was in den stramm-heimattreuen Kreisen große Bestürzung erregte. Dominik Schnapp, Bürgermeister von Wien, nach Kickler mächtigster Mann im Land, seit es ihm gelungen war, sich das Rote Wien für die Blauen zu schnappen, fiel nämlich plötzlich um. Auslöser des Umschnappens war sein Freund Westentaschler. Der wollte endlich wieder Frieden mit seiner Frau und nahm sich ihr zuliebe vor, mit dem alten Kumpel ein ernstes Wörtchen zu reden. Er verschaffte sich einen dringenden Termin in seinem Büro und machte ihm klar, dass bald ein großer Umschwung bevorstehe.

»So geht es nicht weiter, Schnappi, das siehst du ja hoffentlich auch selbst. Es wird demnächst Unruhen geben, ernste Unruhen sogar, und bald wird die Regierung sozusagen flöten gehen. Wenn du nicht mit ihr flöten gehen willst, musst du dich beizeiten ein wenig umdrehen. Rücke vom Kickerl ab, gib zu, dass wir mit der Ausweisung aller Ausländer ein wenig zu weit gegangen sind, und ganz Wien wird plötzlich inmitten des Rummels, der jetzt sehr bald kommen muss, sagen: Unser Bürgermeister, das ist ein Gescheiter, der lenkt ein und wird uns noch herausreißen.«

Herr Schnapp nickte, während er sorgenvoll sein feistes Kinn massierte. Allein bei dem Gedanken, wie der Standard, dieses Scheißblatt, solches Einlenken kommentieren würde, wurde ihm schon schlecht. Aber ihm war klar, dass es nicht anders ging. Deshalb fragte er nun mit kläglichem Tonfall in der Stimme:

»Lieber Westi, das ist ja ganz richtig, was du da sagst und entspricht dem, was ich mir schon längst gedacht habe. Aber wie soll ich denn das anstellen?«

»Sehr einfach, Herr Bürgermeister. Du berufst eine Versammlung unseres Vereins der heimattreuen Bürger Wiens ein, bei dem ohnehin schon Panikstimmung herrscht. Und dann hältst du dort eine Rede, die wir jetzt zusammen ausarbeiten werden.«

Und so geschah es, nur dass das 'Zusammen ausarbeiten' darin bestand, dass der nicht eben hyperintelligente Herr Schnapp die Rede, die ihm Westentaschler niederschrieb, auswendig lernte. Als dann die Versammlung der Bürgervereinigung abgehalten wurde, ergriff er mit sehr feierlicher Miene das Wort, sprach vom Ernst der Zeiten, von den Zuständen, die man nicht mehr ertragen könne und sagte schließlich:

»Der Ruf nach Neuwahlen wird immer ungestümer und ich bin der letzte, der ihn nicht hören will. Im Gegenteil, ich persönlich bin dafür, dass man tut, was das Volk will und durch Neuwahlen feststellt, ob die Bevölkerung Österreichs auch jetzt noch gutheißt, was die Regierung vor mehr als drei Jahren tat, oder ob sie eine radikale Änderung wünscht. Ich und mit mir Sie wohl alle, meine Damen und Herren, haben nur ein Ziel vor Augen: Den Wiederaufbau möglich zu machen, das unglückliche Volk aus dem Labyrinth, in das die Währungsspekulanten aber vielleicht auch gewisse eigene Irrtümer es gestoßen haben, wieder ans Licht des Tages zu führen. Keine Dogmatik, kein Fanatismus, keine persönliche Antipathie oder Sympathie darf uns leiten, meine Damen und Herren, sondern lediglich Pragmatismus zum Wohle Österreichs!«

Die Rathauskorrespondenz übermittelte die Rede des Bürgermeisters noch in derselben Nacht im Wortlaut den Medien, und am nächsten Tag wusste jeder Wiener, dass Dominik Schnapp den Bundeskanzler im geeigneten Moment im Stich lassen wird.

Als Kickler in den Morgenblättern die Rede des Bürgermeisters las, stieg ihm gallbitterer Speichel in den Mund und er spuckte aus. Dann warf er einen langen, verlorenen, glanzlosen Blick vom Fenster über den Volksgarten, der durch den ersten leichten Schneefall seit fünfzehn Jahren wie mit einem weißen Leichentuch bedeckt war.

Herr Westentaschler aber rieb sich erleichtert die Hände. Jetzt hing der Haussegen endlich wieder gerade. Denn er hatte nun das Seine dafür getan, dass hoffentlich sehr bald schon die Tochter und die beiden Enkerln wieder im Lande sein würden.

(18)

Im Fasching wurde die Laune der Wiener nicht besser. Obwohl auch der heurige Winter wieder einen Temperaturrekord nach dem anderen brachte, waren die Heizkosten eine zusätzliche Belastung für die ohnehin bis aufs äußerste gespannten Haushaltsbudgets. Eine Firmenpleite nach der anderen, der Zusammenbruch einer Großbank, bei der viele Leute ihr Geld liegen hatten, das alles drückte auf die Stimmung.

Auch der Fasching selbst war unterirdisch: Feste und Bälle standen vollständig im Zeichen des Dirndlkostüms. Da sich die meisten schon längst keinen Toilettenluxus mehr leisten konnten, machte man aus der Not eine Tugend und veranstaltete fast nur Bauernbälle, sodass Wien eher einem Dorf am Kirtag glich als einer Weltstadt im Fasching.

Zu guter Letzt dann noch die Flaute in der Hochkultur: War deren Niveau anfangs bloß deshalb gesunken, weil die internationalen Stars der Donaustadt fern blieben, so sank es nun weiter, weil jetzt die ersten Kräfte des Staatsopernensembles immer öfter an ausländischen Häusern gastierten, während die Philharmoniker eine Übersee-Tournee nach der anderen absolvierten. Im Orchestergraben des einst gerühmten Hauses am Ring saßen nur mehr Substitute und Substitute von Substituten. Da verging sogar dem Stammpublikum im Stehparterre die Lust am Belcanto.

Mitten hinein in dieses Elend ertönte plötzlich wieder der Alarmruf: »Der Schilling fällt dramatisch!«

An den ausländischen Börsen fanden so starke Verkäufe der österreichischen Währung statt, dass Zürich und Frankfurt den Handel mit Schillingen einstellten. Dieser Währungsverfall löste im Inland eine weitere Beschleunigung der Inflation aus, welche die Bevölkerung in tiefe Verzweiflung stürzte. Als ein Viertel Butter so viel kostete wie erst vor kurzem ein Paar Schuhe, erschien die nächste Plakatwelle des Bundes der wahrhaft Heimattreuen mit den Worten:

»Wie lange noch, Wiener, werdet Ihr diese Regierung dulden? Wann endlich wollt Ihr den Nationalrat auseinandertreiben und Neuwahlen erzwingen?«

In den Morgenstunden des nächsten Tages kam es zu Plünderungen in den Supermärkten und zum Sturm auf die Stände der noch vorhandenen Straßenmärkte. Erbitterte Menschen verprügelten die Marktstandler und bemächtigten sich der Waren. In Favoriten nahm der Tumult revolutionären Charakter an und es wurde das Bundesheer zur Verstärkung der Polizei gerufen. Die Soldaten aber weigerten sich, gegen die hinter Barrikaden aus Mülltonnen, abgebrannten Autos und Supermarktregalen verschanzten Demonstranten vorzugehen.

In dem zur gleichen Zeit tagenden Nationalrat meldeten sich nicht nur die Sozialdemokraten, sondern auch einzelne Christlichsoziale mit der Frage an die Regierung, was man zu tun gedenke, um der verzweifelten Bevölkerung zu helfen. Die Sozialdemokraten stellten einen Dringlichkeitsantrag, die Regierung möge sofort Neuwahlen ausschreiben, damit das Volk selbst entscheiden könne, ob es bereit sei, die herrschenden Zustände noch länger zu dulden.

Totenbleich erhob sich der Bundeskanzler zu einer Entgegnung:

»In diesem Augenblick der allgemeinen Verwirrung Neuwahlen auszuschreiben, hieße das Geschick des Landes den radikalen Elementen auszuliefern und den Ausländern wieder Tür und Tor zu öffnen! Das stolzeste und größte Werk, das die österreichische Legislatur jemals geschaffen hat, würde zusammenbrechen, weil wir nicht nicht genug Geduld und Aufopferungsfähigkeit haben, um durchzuhalten und die gegenwärtigen Schwierigkeiten zu überwinden. Ich weiß, dass im Hintergrund jene Kreise der internationale Hochfinanz am Werke sind, die schon immer Feinde von uns heimattreuen Patrioten waren und jetzt wieder die Spekulation gegen unsere Währung in Gang gesetzt haben –«

Die weiteren Worte des Kanzlers gingen in dem nun folgenden ungeheuren Tumult verloren. Die Abgeordneten der SPÖ droschen mit ihren Fäusten auf die Pulte, die Galerie tobte und schrie, sogar aus den Reihen von Kicklers Gesinnungsgenossen kamen Zurufe, wie: »Hast Du Beweise für Deine Behauptungen?«

Um sechs Uhr abends sprach man noch immer über den Dringlichkeitsantrag der Sozialdemokraten, die offensichtlich alles taten, um die Sitzung in die Länge zu ziehen. Jeder Redner sprach stundenlang;

hatte der eine geendet, so meldete sich ein anderer zu Wort, die meisten Abgeordneten hörten längst nicht mehr zu, sondern stärkten sich am Büfett, auch die Ministerbank war leer geworden. Nur Kickler saß mit verschränkten Armen starr und düster auf seinem Sitz, denn ihm war klar, dass das Filibustern der Sozialdemokraten einem bösen Zweck diente.

Plötzlich kam Leben in das Haus. Das Gerücht verbreitete sich, dass ein großer Demonstrationszug im Anmarsch sei, und gleich darauf hörte man die schnell näher kommenden Klänge der Internationale, das Jauchzen und Toben erregter Menschenmassen, bis plötzlich ein einziger Ruf von ungeheurer Stärke durch die geschlossenen Fenster drang:

»Wir-wollen-Neu-wahlen!«

Dann wieder: »Wir-wollen-Neu-wahlen!«

Und noch ein drittes Mal: »Wir-wollen-Neu-wahlen!«

Schon umzingelten dichte Menschenmassen mit ihren Fahnen und Spruchbändern das Abgeordnetenhaus und immer weitere Züge kamen an. Die gesamte Arbeiternehmer- und Beamtenschaft der Bundeshauptstadt schien ihre Arbeitsplätze verlassen zu haben und in geschlossenen Gruppen anmarschiert zu sein.

Schon donnerten mächtige Schläge gegen die Tore des Hauses, die rasch geschlossen worden waren, schon prasselte ein Steinhagel gegen die Fenster, schon hatte sich eine Abordnung der Demonstranten gewaltsam Einlass verschafft. Ihr Führer, ein Müllmann namens Kübler, ein gewaltiger Kerl mit klugen Augen und riesigem Schädel, stellte sich in seiner orangefarbenen MA48er-Montur mitten unter die Abgeordneten, die, von Panik ergriffen, wie die Schafe beim Gewitter einen geschlossenen Haufen bildeten, und erklärte kurz und bündig:

»Das Bundesheer hält zu uns, die Jungmannschaften der Polizei ebenfalls! Entweder werden sofort Neuwahlen ausgeschrieben, oder die Massen gehen mit Gewalt vor. Die Erbitterung der Leute kennt keine Grenzen, es handelt sich um keine politische Angelegenheit, sondern um reine Verzweiflung. Am wildesten sind unsere starken Frauen, hören Sie nur, wie sie schreien! Gibt die Regierung nicht nach, können wir für nichts garantieren!«

Dann geschah, was geschehen musste. Die Minister erklärten nach kurzer Beratung mit den blauen und schwarzen Klubobleuten, sich dem Terror zu fügen, das Parlament auflösen und Neuwahlen sofort ausschreiben zu wollen. Der Bundeskanzler bot gleich seine Demission an, aber seine Kollegen und die Parteigrößen beschworen ihn, sie in diesem kritischen Augenblick nicht zu verlassen und so willigte er denn ein, die Zügel der Regierung noch bis zu den Wahlen in seinen Händen zu behalten.

Als dem erregten Volk Mitteilung von der Auflösung des Parlaments gemacht wurde, löste sich die Spannung in ungeheuren Jubel auf und in der kommenden Nacht wurden die Wein- und Drogenvorräte Wiens ganz erheblich gelichtet.

Sogar der Franzose Henry Dufresne, der der denkwürdigen Sitzung auf der Galerie beigewohnt hatte, zog in seinem Atelier einen Joint nach dem anderen durch. Als der Morgen graute, entwarf er eine geniale Skizze für das Titelbild seines Lieblingsromans von Michel Houellebecq ‚Ausweitung der Kampfzone‘, und als ein wenig später Lisa zu ihm kam, schwenkte er sie vor Begeisterung in seinen Armen durch die Luft.

Lisa war in ausgelassener Laune wie er, denn ihr Vater hatte nach der Lektüre der Presse sehr ernst gesagt:

»Liebes Kind, ich sehe einen schweren Konflikt auf dich zukommen! Wenn nicht alles trügt, wird Boris Petrov bald die Möglichkeit haben, nach Wien zurückzukehren und dann wirst du dich entscheiden müssen: Entweder er oder dein neuer französischer Freund, den wir leider noch immer nicht kennen gelernt haben!«

Als Lisa darauf lächelnd erwidert hatte, sie würde am liebsten beide, Boris und den Franzosen nehmen, war Hofrat Spineder beinahe ernstlich böse geworden, weil er sich verarscht fühlte, und sie hatte ihre ganze Verführungskunst aufwenden müssen, um ihn zu besänftigen. Und nun saß sie auf dem Schoß von Henry und küsste Boris mit Feuereifer ab.

(19)

Der Tag der Wahlen, die auf den 3. April festgesetzt worden waren, rückte näher und näher. Die Welt begann sich für sie zu interessieren, während die internationalen Börsen eine abwartende Haltung einnahmen, die den Schilling auf seinem Tiefststand ruhen ließ. Das Land selbst jedoch geriet in zunehmende Aufregung, die wiederholt zu Exzessen und bösartigen Tumulten führte. Denn alle Parteien arbeiteten mit jedem verfügbaren Mittel. Die Heimattreuen schrien »Verrat!« und erzählten Schauergeschichten von der Verschwörung der internationalen Finanzoligarchie. SPÖ, KPÖ-Plus und Grüne hetzten gegen die Bauern, die aus ihrer Sicht die arbeitende Stadtbevölkerung ausplünderten und gegen die ÖVP, deren Proponenten sich nur selbst durch die Ausweisung der Migranten hatten bereichern wollen. Die nun in starkem Aufwind befindlichen Neos aber führten immer wieder auf riesengroßen Plakaten Ziffern an, die die von der Ausweisung der Migranten verursachte Verelendung des ganzen Landes, die Verdorfung der Bundeshauptstadt und das Verschwinden jeglichen unternehmerischen Schwungs beweisen sollten. Und immer wieder versicherten Linke, Grüne und Liberale in allen Variationen und Tonarten:

»Wir müssen das Remigrationsgesetz aufheben und leistungswillige Migranten sowie schutzbedürftige Flüchtlinge ins Land lassen.«

Zugleich nahmen im Hintergrund und wohl verborgen vor der Öffentlichkeit die Leiter der EU-Delegationen aller drei Oppositionsparteien gemeinsam Kontakt mit Vertretern des Internationalen Währungsfonds und der Europäischen Kommission auf. Diese wurden ersucht, im Falle eines Wahlsieges der Opposition einer von ihr gestellten neuen österreichischen Regierung mit langfristigen Krediten bei der Stabilisierung des Schillings zu helfen. In intensiven Gesprächen erzielte man Einigung über die erbetenen Kredithilfen, wobei die Vertreter des IWF und der EU betonten, dass eine nachhaltige Stabilisierung des Schillings nur unter zwei Bedingungen möglich sei. Die erste sei die sofortige Aufhebung des Remigrationsgesetzes. Bei der zweiten handelte es sich um eine durch die Geldgeber kontinuierlich zu kontrollierende zügige Sanierung der im Verlauf der Migrationskrise völlig aus dem Ruder gelaufenen Staatsfinanzen. Vor allem dieser zweite Punkt machte den Verhandlern der Opposition Kopfzerbrechen. Denn man wusste seit der berüchtigten griechischen Staatsschuldenkrise sehr genau, was hier auf die österreichische Bevölkerung zukam.

Während die Opposition im Ausland verhandelte, fanden im Bundeskanzleramt täglich bis in die Nacht dauernde Sitzungen statt, in denen beraten wurde, wie man am besten den nun im Aufwind befindlichen linken und liberalen Kräften entgegenarbeiten könnte. Kickler wusste: es musste ein neuer, mächtiger Kredit aufgebracht werden, der Schilling musste steigen, die Bevölkerung erfahren, dass die Heimattreuen der ganzen Welt mit ihr solidarisch seien – dann würde die Regierung den Sieg erringen. Finanzminister Professor Knauser hatte sich daher gleich nach der Auflösung des Hauses auf die Beine gemacht und nochmals in Rom, Paris und Amsterdam vorgesprochen, während Kickler selbst nach Moskau gepilgert war, um zu betteln und zu beschwören. Vergebens! Alle hatten Worte des Mitempfindens und der Sympathie, erkundigten sich lebhaft nach dem Schicksal der vielen Millionen, die sie der guten Sache schon geopfert, und hielten die Taschen fest zu. Die größte Enttäuschung bildete das Verhalten des amerikanischen Milliardärs Muskin, auf den man am sichersten gerechnet hatte. Er ließ alle Telegramme und Bittschriften unbeantwortet, und zehn Tage vor den Wahlen kam ein Mail des Vertrauensmannes der österreichischen Regierung in New York, das folgenden ebenso kurzen wie niederschmetternden Wortlaut hatte:

»Muskin ist unnahbar. Er hat ein knapp sechzehnjähriges nigerianisches Model (aus Österreich ausgewiesen!) 'adoptiert' und beabsichtigt, den unserer Regierung vor drei Jahren eingeräumten Kredit der Goldman Sachs Group um ein Viertel zu verkaufen.«

Kickler begann in Düsterkeit zu erstarren, die Unterhäuptlinge der Heimattreuen verloren vollends den Kopf. Bürgermeister Schnapp jedoch tat etwas, was die ungeheuerste Sensation erregte. Drei Tage vor den Wahlen trat er aus dem Verein der heimattreuen Bürger Wiens aus und den Neos bei. Seinem Beispiel folgte mehr als die Hälfte der Gemeinderäte.

An diesem Tage hielten einander im Atelier in der Billrothstraße zwei junge Menschenkinder heiß und sehnsuchtsvoll umfangen. Er flüsterte:

»Wenn wir doch endlich mit diesem Versteckspiel aufhören könnten!«

Und sie erwiderte traumverloren:

»Wenn du dir doch endlich den Knebelbart abrasieren könntest; er kitzelt so arg!«

(20)

Die Wahlen vollzogen sich unter einer für die Zeiten der Demokratiekrise außerordentlich hohen Beteiligung. Als die Wahllokale geschlossen wurden, wusste man, dass in Wien 95 Prozent der Wahlberechtigten ihre Bürgerpflicht getan hatten. Dann begann im ganzen Lande die Zählung der Stimmen, richtig spannend wurde es aber erst nach der Veröffentlichung der ersten Hochrechnungen ab 17 Uhr. Denn es blieb bis in die Nacht hinein unsicher, ob die Opposition jene Zweidrittelmehrheit erreichen würde, die für die Aufhebung des seinerzeit bei seinem Beschluss in den Verfassungsrang erhobenen Remigrationsgesetzes entscheidend war. Das Endergebnis konnte dann erst am nächsten Morgen vom Innenminister verkündet werden.

Den beiden Regierungsparteien waren nur die Landbewohner treu geblieben, Wien hatte fast ausschließlich die Kandidaten der Linken, Grünen und Neos gewählt, ebenso die übrigen Großstädte und die Industrieregionen in Oberösterreich und der Steiermark. Vor allem SPÖ und Neos erfuhren sehr starke Mandatszuwächse, und sogar die Kommunisten kamen (erstmals nach jahrzehntelanger Abwesenheit!) mit fünf Mandaten ins Parlament. Entsprechend stark waren die Verluste der beiden Regierungsparteien. In Summe hatten sie aber punktgenau jene Anzahl von Mandaten erzielt, welche zur Verteidigung des Remigrationsgesetzes erforderlich war. Und damit schien der schöne Traum der Opposition und all ihrer Wähler zerstört, die zur Abschaffung des Remigrationsgesetzes erforderliche Verfassungsänderung zu erzwingen. Trotz ihrer vernichtenden Niederlage, trotz der Tatsache, dass die Regierung sofort demissionieren und einer links-grün-liberalen Koalition weichen musste, jubelten die Heimattreuen und sie veranstalteten Kundgebungen unter der Parole »Die Migranten bleiben draußen!«

Eine einzige Angst beherrschte die siegreichen Besiegten: Die Mehrheit hatte verkündet, dass sie schon in der zweiten Sitzung des neugewählten Hauses, die in acht Tagen stattfinden sollte, den Dringlichkeitsantrag auf Aufhebung des Remigrationsgesetzes stellen würde. Wie nun, wenn ein schwarzer oder blauer Nationalrat der Sitzung fernbleiben würde? An ein beabsichtigtes Fernbleiben war nicht zu denken, aber schließlich konnte einer der Abgeordneten vom Lande krank werden oder einen Unfall erleiden und dieser eine würde den Gegnern die für sie erforderliche Zweidrittelmajorität sichern. Die unterlegenen Parteien ließen daher für alle gewählten Nationalräte aus ihrem Lager am Tage vor dem Zusammentritt des Hauses Extrazüge mit je einem begleitenden Arzt bereitstellen. Auf diese Weise glaubten sie sich vor jedem verhängnisvollen Zwischenfall sicher. Für Wien selbst waren Vorsichtsmaßregeln nicht notwendig, denn in Wien waren für die Regierungsparteien nur zwei Abgeordnete ins Parlament gewählt worden, die beide als verlässlich und kerngesund galten.

Lisa brach unter der schweren Enttäuschung fast zusammen. Sie weinte den ganzen Tag, kaum dass sie noch die zur Pflege der Eltern nötige Energie aufbrachte. Hofrat Spineder, selbst durch den Fortbestand des Remigrationsgesetzes schwer enttäuscht, kannte sich mit seiner Tochter nicht mehr aus und begann ernstlich an ihrem Verstand zu zweifeln. Sorgenvoll besprach er ihr merkwürdiges Verhalten mit seiner Gattin.

»Was soll das alles heißen? Hat Boris vergessen, verbringt halbe Tage mit einem neuen Freund, diesem Franzosen, der mir höchst suspekt ist, ohne dass ich ihn kenne, erklärt plötzlich, dass sie am liebsten beide, den Boris und diesen Dufresne, nehmen würde, und jetzt, wo der Boris nicht zurückkommen kann, sitzt sie da und weint sich die Augen aus dem Kopf. Ich glaube, das Mädel ist übergeschnappt!«

Frau Spineder seufzte tief.

»Mein Lieber, ich kenne das Kind selbst nicht mehr und habe keine Ahnung, was da in ihm vorgeht. Jedenfalls müssen wir, wenn sich zeigt, dass das Ausländergesetz bestehen bleibt, darauf dringen, diesen Herrn Dufresne kennen zu lernen.«

Hofrat Spineder nickte mit sorgenvoll gerunzelter Stirn. Denn er hatte keine Ahnung wie sie das anstellen sollten, wenn seine Tochter, dieser Dickschädel sich weigerte ihnen den Kerl vorzustellen.

(21)

Boris war nicht weniger verzweifelt als Lisa. Doch dann fiel ihm plötzlich der Herr Geier ein, und er hatte eine Idee. Sie war ziemlich verrückt, aber in dieser Situation musste man nach jedem Strohhalm greifen.

Er hatte besagten Herrn vor einigen Wochen kennen gelernt, als er spät nachts von einem der geheimen Treffen der Projektgruppe ‚Ausländer rein' nach Hause kam. Geier war damals ziemlich illuminiert und hatte Boris in höchst aufgekratzter Stimmung im Treppenhaus in ein Gespräch verwickelt. Dabei hatte sich herausgestellt, dass Geier gerade von einer kleinen Geburtstagsfeier jenes Herrn Wuchert kam, dem das Haus gehörte, in dem Boris nun wohnte. Bei dieser Gelegenheit hatte er erfahren, dass auch Herr Geier Hausbesitzer war und eine ziemlich wichtige Rolle in dem von Herrn Wuchert geleiteten Haus- und Grundbesitzerbund spielte. Er war nämlich dessen Verbindungsmann zur ÖVP und hatte in dieser Eigenschaft ein Nationalratsmandat der Christlichsozialen inne. Boris war danach noch öfter ins Gespräch mit ihm gekommen und hatte dabei am Verhalten und den Körperausdünstungen seines Gegenübers erkannt, dass Geier offenbar stets einen ziemlich hohen Alkoholspiegel hatte. Weil Boris Herrn Geier bei einer ihrer Begegnungen bis zu dessen ebenfalls in der Billrothstraße gelegenem Wohnhaus begleitet hatte, wusste er, wo jenes Haus lag. Und dieses Wissen wollte er sich nun bei seinem Plan zunutze machen.

Am Tag der Konstitution des neu gewählten Nationalrats, also einen Tag vor der entscheidenden Abstimmung, machte Boris, mit einem Handkoffer bewaffnet, allerlei Einkäufe bei Wiens letzter noch verbliebener Feinkosthandlung, dem Meinl am Graben. Er kaufte dort für einen phantastischen Preis, für den man einmal ein neues Auto bekommen hätte, eine Straßburger Gänseleberpastete in der Terrine, ferner drei Flaschen eines köstlichen weißen Burgunders und drei Flaschen des schwersten und kostbarsten Bordeauxweines, außerdem eine Flasche uralten französischen Kognaks. Abends lauerte er dann vor dem Haustor dem Herrn Geier auf, der gerade von der feierlichen Eröffnungssitzung des Parlaments heimkam, gratulierte ihm herzlich zu seiner Wiederwahl und sagte:

»Lieber Herr Nationalrat, auch ich möchte morgen der historischen Tagung des Hauses beiwohnen. Um elf ist der Beginn der Sitzung, mein Chauffeur wird mich kurz vor zehn Uhr mit dem Wagen abholen und wir könnten Sie, wenn es Ihnen recht ist, mitnehmen.«

Herr Geier fühlte sich durch die Liebenswürdigkeit dieses offenbar sehr wohlhabenden jungen Franzosen geschmeichelt, und nahm die Einladung dankend an. Dann fügte er hinzu:

»Bin Ihnen sogar sehr verbunden, wenn Sie so um zehn Uhr herum zu mir kommen, weil ich dann net riskier, zu verschlafen. Oft schlaf ich nämlich so tief, dass ich den Wecker von meinem Smartphone überhör. Ich leg Ihnen meinen Wohnungsschlüssel unter die Fußmatte, damit Sie sich aufsperren können. Das wär ja eine Katastrophe, wenn ich morgen verschlafen tät. Dann hätten wir in vierundzwanzig Stunden wieder die Islamisten und die ganzen ausländischen Sozialschmarotzer in Wien!«

Henry Dufresne nahm die Pflicht, Österreich vor diesem Pack zu schützen, sehr ernst, denn er griff am nächsten Tag schon um halb zehn Uhr unter die Fußmatte vor Herrn Geiers Wohnung. Durch die geöffnete Schlafzimmertür hörte er lautes Schnarchen. Der dem Schlafzimmer entströmende Gestank von alkoholgeschwängerten Körperausdünstungen zeigte ihm auch gleich den Grund von Geiers

Tiefschlaf. Er hatte also Zeit für alle nötigen Vorbereitungen. Zuerst packte er die Besorgungen des Vortags aus, danach stellte er sämtliche Uhren in der Wohnung um eine volle Stunde zurück. Nachdem das erledigt war, ging er zu dem mit offenem Maul sägenden Geier. Als er ihn schon wachrütteln wollte, entdeckte er gerade noch rechtzeitig auf dem Nachtkästchen dessen Smartphone, bei dem er ebenfalls eine entsprechende Zeitkorrektur vornahm. Dann machte er sich an die unerquickliche Arbeit, das parlamentarische Gesicht der Österreichischen Haus- und Grundbesitzer, zu wecken. Es dauerte geraume Zeit, bis Herr Geier endlich seine verquollenen Augen aufschlug und die Situation begriff.

»Jessas, der Herr Dufresne, is es schon so spät?« Und dann, mit einem Blick auf das Smartphone, brummend: »Noch net amal Neun! Da hätt' ich ja noch a ganze Stund schlafen können!«

»Jawohl,« sagte Leo lachend, »wenn ich nicht eine bessere Unterhaltung für Sie und mich wüsst. Stellen Sie sich vor, wie ich gestern Nacht nach Hause komm, finde ich ein UPS-Paket aus Paris vor meiner Wohnungstür mit den besten französischen Weinen. Na, und weil ich mich wirklich über Ihren Sieg von ganzem Herzen freu, denk ich, dass wir, bevor wir ins Parlament fahren, noch ein Glaserl darauf heben können. Sie sind ja Weinkenner, Herr Nationalrat, und werden gleich merken, dass Sie noch nie einen so guten Tropfen getrunken haben, wie der, den ich Ihnen da mitgebracht hab.«

Beflügelt durch diese unerwartete Möglichkeit, seinen während der Nachtstunden bedenklich gesunkenen Alkoholpegel wieder auf ein im grünen Bereich angesiedeltes Niveau zu heben, sprang Herr Geier aus dem Bett. Er zog sich notdürftig an und streichelte dann bewundernd eine der sechs Weinflaschen nach der anderen. Weißbrot war vorhanden und die Straßburger Pastete entlockte Herrn Geier ein rülpsendes Grunzen, das sich in einen Jubelhymnus verwandelte, als das erste Glas des goldgelben Burgunders durch seine Kehle rann.

»A so ein Weinderl! Wenn man sowas doch nur immer hätt! Auf die französische Lebensart und auf Ihr Wohl, Herr Dufresne!«

Das zweite Glas wurde auf das Wohl der Haus- und Grundbesitzerpartei geleert, das dritte auf »Ausländer draußen bleiben«, das vierte auf »Hoch die schöne, ausländerfreie Stadt Wien«. Dann wurde einer Flasche des blutroten Bordeaux der Hals gebrochen, und als sie zur Neige ging und Boris die dritte Flasche entkorkte, trug ihm Geier das Du-Wort an. Bei der vierten Flasche machte er den Franzosen mit den Geheimnissen seines Sexuallebens bekannt und erklärte, dass Tussis über vierzehn eigentlich alte Weiber seien. Die nächste Flasche wurde von Boris, ohne dass Geier, dem sich die Welt vor den Augen zu drehen begann, es merkte, zur Hälfte mit Kognak gemischt. Und dann hieß es, Schluss machen, denn sonst hätte der Herr Nationalrat überhaupt nicht mehr die Treppen hinuntergebracht werden können. Außerdem ging die richtiggehende Uhr von Boris schon auf zwölf, weshalb die Gefahr bestand, dass jeden Augenblick die Parteigenossen Geiers nach ihm fahnden würden. Dass Boris selbst bei solcher Zecherei ziemlich nüchtern geblieben war, verdankte er lediglich dem Umstand, dass er den Inhalt seines Glases so weit wie möglich unter den Tisch auf den schönen Perserteppich gegossen hatte.

Mit ungeheurer Anstrengung kleidete er nun den Nationalrat vollständig an, schleppte ihn die vielen Treppen hinunter auf die Straße und beförderte ihn sodann in das Innere jenes Mietwagens, den sein Freund Johannes gestern organisiert und nun vor dem Haustor geparkt hatte. Als Geier endlich auf der Hinterbank des Wagens verstaut war, gaben sich die beiden Freunde stumm High five, worauf Johannes das Auto in mäßigem Tempo stadteinwärts in Bewegung setzte. Er ließ Boris in der Nähe des Parlaments aussteigen und fuhr danach mit dem tief schlafenden Geier auf der Höhenstraße zum Cobenzl, wo er ihn auf eine Bank setzte, um danach sofort wieder in die Stadt hinunter zu fahren und das Leihauto zurück zu geben.

Geier hatte von all dem nichts mitbekommen, und weiter geschlafen. Um etwa fünfzehn Uhr fiel er dann durch eine unglückliche Bewegung von der Bank, wobei er mit brummendem Schädel erwachte. Minuten vergingen, bevor er die Situation begriff und endlich erkannte, wo er sich befand. Schließlich, nach weiteren Minuten, fiel ihm ein, dass er ja heute dringend ins Parlament musste. Er sah verwirrt auf sein Smartphone. Da dessen Uhr zurückgestellt war, wies sie auf zwei. Entsetzt wählte der mit einem Schlag nüchtern gewordene Geier alle bei ihm eingespeicherten Nummern seines Parlamentsclubs, bekam aber zunächst keine Verbindung, da offenbar gerade überall gesprochen wurde. Dann bekam er endlich jemanden ans Telefon, der den Clubobmann an den Hörer rief. Und als dieser schrie, dass er ein besoffenes Schwein sei und ihm die vernichtenden Worte »Unser Remigrationsgesetz ist gefallen!« ins Ohr hämmerte, fiel der unglückliche Nationalrat in eine lange, wohltätige Ohnmacht.

(22)

Als Boris das Parlamentsgebäude betrat, hatte die neugewählte Präsidentin eben die schon am Vortag an Stelle des zurückgetretenen Kabinetts gewählten Minister begrüßt und mitgeteilt, dass zwei Dringlichkeitsanträge eingebracht worden seien. Diese forderten dazu auf, jenen Paragraphen der Bundesverfassung zu streichen, welcher der im Remigrationsgesetz definierten Personengruppe den Aufenthalt in Österreich untersagte.

Ein sozialdemokratischer Nationalrat erhob sich und beantragte, über beide Dringlichkeitsanträge sofort zu verhandeln. Trotz des tosenden Lärmens der Schwarzen und Blauen pflichtete die Mehrheit bei, worauf die Präsidentin dem SPÖ-Vorsitzenden Stabler als erstem Proredner das Wort erteilte.

Stabler wies darauf hin, dass er und seine Parteifreunde schon vor fast vier Jahren gegen dieses Gesetz gewesen seien, das einen Rückfall in das finstere Mittelalter bedeute. Damals habe man die Opposition niedergeschrien, aus dem Saal gedrängt und abgewählt. Heute aber habe das von Rattenfängern verführte Volk sie in solcher Zahl ins Parlament zurückgeholt, dass nunmehr die Macht in ihren Händen liege. Stabler rekapitulierte dann die Ereignisse der letzten Jahre, wies den furchtbaren Zusammenbruch Österreichs anhand des von Eurostat und der Statistik Austria bereit gestellten Zahlenmaterials nach und schloss mit den Worten:

»Das verbrecherische Werk des Mannes, der nun nicht einmal mehr einen Sitz in diesem Haus errungen hat, ist zusammengebrochen. Draußen aber warten hunderttausende Arbeitslose und mit ihnen alle noch tätigen, aber zur Verzweiflung getriebenen Kräfte dieses Landes darauf, dass das neue Parlament einer neuen Zukunft die Tore öffne und unseren migrantischen Mitbürgern die Möglichkeit gebe, sich mit ihrer Intelligenz und ihrem Fleiß wieder an unserer Seite im Interesse dieses schwer geprüften und fast ruinierten Landes zu betätigen.«

Nachdem der Beifallssturm, an dem sich auch die Galerie beteiligte, verklungen war, ergriff der zweite Pro-Redner, ein von der ÖVP zu den Neos gewechselter Besitzer einer erst kürzlich in Konkurs gegangenen Innenstadt-Boutique als Interessenvertreter der Geschäftsleute das Wort. In launiger, oft durch schallende Heiterkeit unterbrochener Rede schilderte er das verarmte, verdorfte Wien von heute, gab die Erfahrungen im eigenen Betrieb zum Besten und sagte:

»Brünn ist eine Weltstadt im Vergleiche zum Wien von heute. Unser Wien ist zu einem riesigen Dorf mit mehr als einer Million Einwohnern geschrumpft, und wenn wir die Migranten nicht wieder hereinlassen, werden wir demnächst erleben, dass in unseren schon jetzt von den internationalen Marken verlassenen Geschäftsstraßen Jahrmarktsbuden eröffnet werden und man auf dem Stephansplatz Viehmärkte abhält. Die Wiener sind in ihrem Innersten verzweifelt über diesen unaufhaltsamen Abstieg ihrer Stadt. Vor allem die Wiener Frauen haben, wie Wählerstromanalysen belegen, der ÖVP den Rücken gekehrt und mit ihren Stimmen für uns Neos gezeigt, dass sie wieder ein blühendes, lebendiges Wien haben wollen, voll mit neuester Mode und Chic, auch wenn der oft einen orientalischen Anstrich hat.«

Die weiteren Ausführungen dieses Redners gingen in einer seltsamen Unruhe unter, die sich schnell im ganzen Sitzungssaal ausbreitete. Was war geschehen? Nun, man hatte endlich auf der rechten Seite des Hauses entdeckt, dass der Nationalrat Geier nicht anwesend war. Eine Katastrophenstimmung bemächtigte sich der Schwarzen und Blauen. Sie hörten nicht einmal mehr ihren eigenen Kontra-Redner an und schickten sämtliche Club-Assistenten aus, um Geier zu suchen und herbeizuschaffen.

Noch wäre die Situation vielleicht zu retten gewesen, wenn man die Geistesgegenwart gehabt hatte, den Kontra-Redner zu veranlassen, stundenlang bis zum Eintreffen Geiers zu sprechen. Aber man hatte total den Kopf verloren. Als dieser Kontra-Redner die Unruhe bemerkte und viele Abgeordnete der blau-schwarzen Koalition verschwinden sah, kürzte er seine Rede sogar ab, und schon war ein KPÖ-Plus-Antrag auf Schluss der Debatte und Abkürzung der weiteren Redezeiten auf fünf Minuten mit der erforderlichen Zweidrittelmehrheit angenommen.

Die überrumpelten Ausländerfeinde schrien vergeblich Zeter und Mordio. Denn die sozialdemokratische Präsidentin waltete mit eiserner Energie ihres Amtes, entzog jedem der wenigen schon vorgemerkten Redner nach fünf Minuten das Wort und unter enormer Spannung und allgemeiner Aufregung strömten die Abgeordneten wieder in den Saal, um bei der nun beginnenden namentlichen Abstimmung anwesend zu sein.

Herr Geier war noch immer nicht da, die Club-Assistenten konnten nur berichten, dass er überhaupt nicht in seinem Büro gewesen und sein Wohnhaus in Begleitung eines anderen Herrn vormittags, ersichtlich angeheitert, verlassen habe.

In diesem höchst kritischen Augenblick verließ ein Herr mit Knebelbart die Galerie um unbelauscht mit einem ihm offenbar bekannten Mitarbeiter des SPÖ-Clubs zu telefonieren. Kurz darauf meldete sich die stellvertretende Clubobfrau der SPÖ zu Wort, um folgendes zu berichten:

»Wie ich soeben erfahre hat eine Polizeistreife Herrn Geier gerade am Cobenzl entdeckt, wo er sich auf einer Bank von einer Indisposition erholt, die ihn an einer Anwesenheit im Parlament hindert. Dieser sehr ehrenwerte Herr Geier, diese Wiener Zierde der ÖVP, hat nämlich offenbar schon am frühen Morgen in Gesellschaft eines lustigen Kumpanen eine kleine Siegesfeier veranstaltet und entschieden mehr getrunken, als er verträgt. Und weil doch niemand von uns verlangen kann, dass wir uns vertagen, bis Herr Geier wieder parlamentstüchtig geworden ist, fordere ich dieses Hohe Haus auf, sofort zur Abstimmung zu schreiten.«

Tosende Heiterkeit erfüllte den Saal und nach entsprechender Anordnung der Präsidentin geschah, was die stellvertretende Club-Obfrau der SPÖ gefordert hatte. Alle hinter der neuen Regierung stehenden Abgeordneten stimmten für die Eliminierung des Remigrationsgesetzes, alle anwesenden Abgeordneten der blau-schwarzen Opposition dagegen, und damit war es gefallen! Die hunderttausend Menschen, die sich auf der Straße vor dem Parlament angesammelt hatten, riefen diesmal nicht »Heil!«, sondern »Hurra!« Sie waren nicht so begeistert wie vor vier Jahren, sondern vielleicht ein wenig beschämt, hatten aber wieder ihren Humor gefunden und schon begannen Witze durch die Luft zu schwirren.

Boris stürzte sofort nach der Abstimmung aus dem Parlamentsgebäude, begab sich auf schnellstem Weg in die Löwelstraße und ließ sich dort in dringender Angelegenheit bei der ihm aus Studientagen bekannten Chefin des sozialdemokratischen Social Media Auftritts melden. Danach hatten die beiden eine halbstündige Unterredung ohne Zeugen. Als er sich verabschiedete, schüttelte ihm die Redakteurin beide Hände und sagte lachend:

»Du hast Außerordentliches geleistet und ich freue mich mit Dir von ganzem Herzen! Deine Frechheit bewundere ich einfach!«

»Ja, ja, diese typische Frechheit der Migranten«, ergänzte Boris vergnügt und eilte die Treppen hinab.

(23)

Die noch existierenden heimischen Zeitungen druckten Extra-Ausgaben, die weltweiten Glasfasernetze glühten, und kaum waren die News vom Ende des österreichischen Remigrationsexperiments über den Globus gerast, als sich auch schon eine zweite Neuigkeit verbreitete:

»Der Schilling steigt!«

Auf den wichtigsten Börsen hatte man die Nachrichten von der entscheidenden Sitzung des Wiener Nationalrats mit großem Interesse verfolgt. Kaum war das Fallen des Remigrationsgesetzes zur Gewissheit geworden, als umfangreiche Schillingankäufe, darunter solche von amerikanischen und chinesischen Finanzgruppen, erfolgten. Der Schilling stieg sprunghaft auf das Doppelte, zum Börsenschluss sogar auf das Dreifache.

In Wien gab es damals eine U-Bahnzeitung, die mit dem in Zeiten der Massenarmut äußerst zugkräftigen Slogan ‚Blöd, aber gratis‘ warb. Sie war die erste die am nächsten Tag mit einer Schlagzeile herauskam, die in der ganzen Stadt Aufsehen und mit Galgenhumor gemischte Heiterkeit hervorrief. Sie lautete:

»Ankunft des ersten Migranten in Wien«

Darunter konnten die mehr am Rührungsfaktor als am Wahrheitsgehalt der Artikel interessierten U-Bahnfahrgäste folgendes lesen:

»Soeben ist der erste Migrant aus dem Exil nach Wien zurückgekehrt. Es handelt sich um den jungen, aber bereits am Beginn einer Weltkarriere stehenden Maler und Zeichner Boris Petrov, der die letzten Jahre von Heimweh erfüllt im Pariser Exil verbrachte. Er machte sich sofort nach der Öffnung der österreichischen Grenzen für die vor vier Jahren ausgewiesenen Migranten auf schnellstem Weg in seine Geburtsstadt Wien. Hier hält er sich derzeit in der Villa seines zukünftigen Schwiegervaters auf, wo ihn gestern Abend nach jahrelanger bitterer Trennung seine sehnsüchtig wartende Braut umarmte.«

Neben diese Story hatte man ein KI-generiertes Bild platziert, das vor dem Hintergrund des Kahlenbergs die Veranda einer typischen Villa des Wiener Cottageviertels zeigte, auf der ein in der Abenddämmerung nur schemenhaft erkennbares Paar in eng umschlungener Körperhaltung zu sehen war.

Der am Abend jenes Tages erscheinende Standard reduzierte dann diese Schmonzette mit süffisantem Unterton auf ihren Wahrheitsgehalt: Tatsächlich könnten die ersten Migranten erst nach dem frühestens für den Beginn der nächsten Woche zu erwartenden Vorliegen der entsprechenden fremdenpolizeilichen Verordnungen zurückkehren. Bei dem im Artikel genannten Künstler handle es sich daher nicht um einen Rückkehrer, sondern um eines der nicht wenigen in Österreich verbliebenen 'U-Boote'. Der Standard werde schon demnächst in einer eigenen Reportagereihe über die schlimmen Lebensbedingungen jener in die Illegalität gedrängten Landsleute berichten.

(24)

Qualitätsjournalismus weiß viel, aber bei weitem nicht alles. Denn in dem Artikel der U-Bahnzeitung steckte sehr wohl (natürlich nur rein zufällig und nicht aufgrund sorgfältiger Recherche) ein Körnchen Wahrheit. Als nämlich Boris unmittelbar nach seinem Besuch in der Löwelstraße die Grinzinger Villa von Hofrat Spineder aufsuchte, sollte das für Lisas Eltern wirklich so etwas wie eine Heimkehr des jungen Mannes aus dem Ausland werden. Schon zu Mittag hatte Lisa beide auf einen im Verlauf des Tages vorbei kommenden Überraschungsgast vorbereitet. Am frühen Nachmittag hatte sie dann das Pflegebett des Vaters ins Wohnzimmer geschoben, wo man nun zu dritt, der Vater im Bett, die Mutter im Rollstuhl und Lisa immer nervöser durch das große Fenster zur Cobenzlgasse schielend, auf ein Klingeln an der Haustür wartete.

Dann war es endlich so weit, Lisa öffnete und umarmte den Eintretenden stürmisch. Der Mutter entfuhr ein erschrecktes »Jessas na!« und der Vater riss ungläubig die Augen auf. Als die Umarmung kein Ende nehmen wollte, begann er so energisch zu husten, dass Lisa sich von Boris losmachte und zu den Eltern wandte:

»Papa, Mama, ich möcht euch jetzt meinen neuen Freund, den Herrn Henry Dufresne, vorstellen.«

»Vulgo Boris Petrov«, ergänzte der hochnervöse Boris mit gekünstelter Heiterkeit.

Nachdem sich die allseitige Verlegenheit etwas gelegt hatte, tat Herr Spineder das, was ein Hofrat, auch wenn er ans Bett gefesselt ist, in solcher Situation zu tun hatte. Er sagte:

»Nun, Kinder, jetzt erzählt uns einmal alles ordentlich der Reihe nach.«

Und auch Frau Spineder würde gerne getan haben, was jede andere Mutter ihrer Generation getan hätte, nämlich schnell in die Küche zu eilen, um dem Gast etwas aufzuwarten. In den Rollstuhl gezwungen, blieb ihr aber nur eine einzige Möglichkeit zur Abfuhr der schwer erträglichen Spannung: Sie hielt sich ihr Taschentuch vors Gesicht und schluchzte.

Boris erstattete nun Bericht, wobei er sich um eine elterngerechte Version der Ereignisse bemühte, die sämtliche gefährlichen Untergrundaktivitäten aussparte. Aber noch bevor er geendet hatte, bahnte sich schon die nächste Überraschung in der Villa Spineder an. Jetzt hielt nämlich ein Auto vor der Villa, dem der ehemalige Nationalrat Peter Westentaschler entstieg. Er sei gekommen, um den Herrn Petrov zum Rathaus zu fahren. Dort beginne nämlich soeben das große Fest der Wiener anlässlich der nun unmittelbar bevorstehenden Wiederöffnung der Grenzen für »ihre lieben« Migranten. Der Herr Bürgermeister werde natürlich eine Rede halten, und er wolle bei dieser Gelegenheit unbedingt dem ersten Heimkehrer die Hände schütteln.

Bei dem Gedanken nun von Herrn Schnapp bei seinen Händen geschnappt zu werden, wurde Boris sofort übel. Er erkannte aber, dass das jetzt sein musste, versprach der Familie Spineder noch am selben Abend zurück zu kommen und bestieg gemeinsam mit Westentaschler dessen Auto.

Bis zum Schottentor verlief die Fahrt ganz glatt, dann stellte sich ein Hindernis ein. Die Menschenmassen standen hier so dicht aneinandergedrängt, dass sie nicht mehr vorwärts kamen. Worauf Herr Westentaschler das Autofenster herunterkurbelte und den Leuten in bester Absicht, wenn auch mit wenig Zartgefühl zuschrie:

»Lasst's uns durch! Der Boris Petrov, der erste Ausländer, was wieder in Wien is, muass zum Buagamasta!«

Diese Worte waren das Signal zu einem stürmischen Jubelschrei. Das Auto konnte nun zwar erst recht nicht weiter fahren, aber da saß Boris auch schon auf den Schultern zweier handfester Männer und wurde unter Jauchzen, Johlen und Hurra-Geschrei der Massen zum Rathaus getragen.

Dieses war wieder festlich illuminiert und strahlte zum Himmel wie eine brennende Fackel. Nur mühsam kamen die Männer mit Boris auf den Schultern voran. Dann waren sie endlich beim Podium angelangt und hievten ihn hinauf. Im selben Augenblick erklangen Fanfarenklänge und Trompetentöne, denn gerade eben erstieg auch der Wiener Bürgermeister, Herr Dominik Schnapp, die Plattform. Er trat nach vor ans Mikrofon, legte seinen rechten Arm um die Schulter von Boris und begann die Ansprache an seine Wienerinnen und Wiener mit den Worten:

»Mein lieber Migrant! – –«

(25)

Damit ist diese Geschichte bei ihrem Happy End angelangt. Aber das noch so glückliche Ende einer Geschichte ist ja stets zugleich der Anfang von etwas ganz Neuem, das dann nicht immer ebenso glücklich verlaufen muss. Werfen wir also noch einen Blick darauf, wie es weiter ging mit einigen der handelnden Personen und ihrem Land.

Am besten von allen erwischte es der Herr Kickler. Er verabschiedete sich in einer von sämtlichen heimischen Radio- und TV-Stationen übertragenen Ansprache von seinen Österreichern und zeigte dabei, dass er in diesen schweren Tagen Trost bei der davor von ihm so gar nicht geschätzten Religion gefunden hatte. Denn jene Rede, die mit einem »großen Dankeschön an die internationale Währungsspekulation« begann, als deren »Bauernopfer« er sich und sein Land sah, endete mit den bedeutungsschweren Worten »Gott schütze Österreich!«

Unmittelbar nach jener Rede begab er sich nach Ungarn zu seinem alten Freund Viktor, der ihm eine komfortable Villa zur Verfügung stellte. Zu der gehörte sogar ein Stall für Kicklers Lieblingspferd von der seinerzeit durch ihn selbst eingeführten berittenen Polizei. Als bald darauf in den österreichischen Zeitungen gemeine Karikaturen erschienen, die den kleinen Herrn Kickler im Sattel eines riesigen, ausgedienten Polizeigauls zeigten, tröstete ihn Viktor:

»Nimm es nicht tragisch Adi. Österreichs größte Männer waren alle nicht sehr groß. Euren Dollfuss, der mit Eins-einundfünfzig ein richtiger Zwerg war, nannten sie deshalb sogar 'Millimetternich'. Und gegen den bist du ja fast ein Riese.«

Den anderen blauen Spitzenpolitikern und Nationalräten ging es fürs erste nicht ganz so gut wie dem Herrn Kickler. Die meisten von ihnen versanken vorübergehend in der Versenkung. Auch dem Wendehals Schnapp nützte sein Umschnappen nichts, denn er wurde schon bei der nächsten Wahl zum Wiener Landtag wieder abgewählt. Herr Westentaschler verlor sogar sein Mandat im ORF-Stiftungsrat. Zumindest in seiner Familie war nun aber der Friede wieder eingekehrt, und seine beiden nach Wien zurück gekehrten Enkerln machten ihm jetzt wieder viel Freude.

Das schwarze Spitzenpersonal der Koalition zog sich zurück in seine vor der Regierungstätigkeit inne gehabten Positionen in den verschiedenen Kammern, Ministerien und Universitäten, wo es ein gutes Auskommen hatte und längst nicht so viel Schaden anrichten konnte wie in der Politik.

Wesentlich schlechter lief es für die gefährlichsten Gegner der schwarz-blauen Koalition. Die ehemaligen Mitglieder des Untergrundprojekts 'Ausländer rein', allen voran Boris, wurden nämlich nun durch die Justiz verfolgt, deren behäbiger Apparat die rasche Wende des politischen Systems erst mit großer Verzögerung nachvollzog. Als es dann endlich so weit war, hatten sich Boris und seine Truppe schon längst ins Ausland abgesetzt, und zwar zu wesentlich ungünstigeren Bedingungen als bei Boris' erstem Exil in Paris. Denn man musste sich ja in Länder begeben, mit denen Österreich keine Auslieferungsabkommen abgeschlossen hatte.

Nur einige wenige Gruppenmitglieder blieben in Österreich, weil ihnen keine Beteiligung an den Untergrundaktivitäten nachzuweisen war. Lisa etwa konnte sich erfolgreich darauf zurückziehen, bis zum Schluss nichts vom Doppelleben ihres Freundes bemerkt zu haben. Und das war ein großes Glück, denn anderenfalls hätte sie die Betreuung ihrer Eltern nicht fortsetzen können. Die war aber dringend notwendig, denn für diese Arbeit hatten sich entgegen allen ursprünglich gehegten Hoffnungen nicht gleich wieder Profis gefunden.

Ihre Eltern waren dann aber sehr bald kurz hintereinander gestorben, worauf Lisa mit einigen der im Lande verbliebenen Untergrundaktivist*innen eine Wohngemeinschaft in der Spineder-Villa gründete. Sie nahm ihr Kunststudium nicht wieder auf, sondern begann am FH Campus Wien Gesundheits- und Krankenpflege zu studieren. Danach erhielt sie eine Anstellung in der Direktion eines der Pflegewohnhäuser der Gemeinde Wien. Jahre später, als sie sich nicht mehr wegen ihrer Untergrundvergangenheit vor der Justiz fürchten musste, gab sie einem jungen Zeithistoriker, der zur Geschichte des Untergrundprojekts 'Ausländer rein' forschte, ein Interview. Nach der Publikation von dessen Forschungsbericht feierten die wichtigsten Medien des Landes Lisa als eine jener 'Widerstandskämpfer*innen', die Österreichs Ehre in einer dunklen Periode seiner Geschichte gerettet hatten. Schon kurz darauf wurde sie vom nunmehr wieder sozialdemokratischen Bürgermeister mit der obersten Leitung sämtlicher Pflegeeinrichtungen der Stadt Wien betraut.

Weniger glücklich verlief ihre weitere Beziehung zu Boris. Einerseits waren persönliche Begegnungen unter den neuen, wesentlich ungünstigeren Exil-Bedingungen nur sehr schwer zu organisieren. Andererseits entwickelten sich die Interessen des Künstlers und der aufstrebenden Pflegemanagerin in ganz unterschiedliche Richtungen. Als die heimische Justiz dann auch Boris keine Probleme mehr machte, hatte der international immer erfolgreichere Maler und Zeichner innerlich mit dem Kapitel 'Österreich' längst abgeschlossen und blieb im Ausland.

Womit wir nun beim Thema 'Rückkehr der Migranten' angelangt sind. Hier erlebte das Land eine sehr böse Überraschung. Denn es kamen wesentlich weniger Menschen zurück als man erwartet hatte und als notwendig gewesen wären, um Österreichs Wirtschaft wieder schnell in Schwung zu bringen. Sehr viele von ihnen hatten sich nämlich in den prosperierenden Zielländern ihrer Remigration neue Existenzen geschaffen und dachten nur mit Schrecken an die traumatischen Erlebnisse im Zuge ihrer Vertreibung zurück.

Noch bevor sich die trotz alledem rückkehrwilligen Migranten auf den Weg machten, quartierten sich andere Ausländer in Österreich ein. Es handelte sich dabei um die Vertreter der internationalen Geldgeber, die nun der neuen Regierung die Bedingungen jenes großen Kreditpakets diktierten, mit dessen Hilfe man den Schilling nachhaltig stabilisieren wollte. Diese Bedingungen aber waren für die große Masse der Österreicher von extremer Härte. Entgegen Kicklers Behauptung war nämlich nicht die internationale Finanzspekulation am Kollaps des Schillings schuld gewesen, sondern der ständige Überhang der öffentlichen Ausgaben über die im Gefolge der Remigration geschrumpfte Produktion. Besagte Ausgaben, mit denen die blauschwarze Koalition vergeblich versucht hatte, die ärgsten Folgen ihres gescheiterten Experiments abzufedern, galt es nun radikal zurückzufahren. Und das geschah durch entsprechende Reduktionen bei den Pensionen und allen sonstigen öffentlichen Leistungen zur Daseinsvorsorge.

Dieses in der Folge von den Vertretern der Geldgeber streng kontrollierte Sparprogramm hielt das Land fast fünfzehn Jahre lang in jenem Tal von Schweiß und Tränen gefangen, in das es einst im Zuge seines Remigrationsexperiments selbst hinabgestiegen war. Fünfzehn Jahre, in denen es nur sehr langsam und bei weitem nicht für alle Österreicher bergauf ging. Fünfzehn Jahre in denen die Unzufriedenheit, ja Verzweiflung vieler Menschen so stark anwuchs, dass die vorübergehend in der Versenkung verschwundenen Blauen ein geradezu unglaubliches Comeback feierten.

Aber das ist jetzt eine andere Geschichte. Vielleicht wird man sie lesen in einem Roman von Über-Übermorgen.

Ende.

ZUM AUTOR

Karl Czasny, Jahrgang 1949, Dr. phil., studierte in Wien und Berlin Philosophie, Soziologie und Statistik. Danach arbeitete er zunächst als Betreuer in einem Jugendzentrum der Stadt Wien und später als Soziologe in verschiedenen Bereichen der angewandten Sozialforschung. Er konzentrierte sich dabei zunehmend auf stadtsoziologische Fragestellungen und gründete 1990 gemeinsam mit einigen KollegInnen das Stadt- und Regionalwissenschaftliche Zentrum, an dem er bis 2008 zu den Themen 'Wohnen' und 'Wohnungsmarkt' forschte. 2009 wechselte er zum Magistrat der Stadt Wien ins Referat für Stadtforschung und Raumanalysen, wo er bis zu seiner Pensionierung arbeitete.

Neben seiner beruflichen Tätigkeit als Soziologe beschäftigt er sich schon seit den neunzehnachtziger Jahren mit erkenntnistheoretischen Problemen der Natur- und Sozialwissenschaften. Seit seiner Pensionierung findet er daneben auch immer wieder Zeit für die Arbeit an publizistischen und literarischen Texten.

Weitere Texte und Leseproben aus Publikationen von Karl Czasny finden sich auf seiner Homepage. Dort können auch die zuletzt erschienenen Bücher des Autors bestellt werden.

Adresse der Homepage:
https://erkenntnistheorie.at/

QR-Code der Homepage: